„O! ja," sagte Château-Renaud.

„Es ist herrlich," fuhr Beauchamp fort, „eine so große Selbstbeherrschung zu bewahren!"

„Gewiß; ich wäre ihrer nicht fähig gewesen," äußerte Château-Renaud mit einer höchst bedeutungsvollen Kälte.

„Meine Herren," unterbrach sie Albert, „ich glaube, Sie haben nicht begriffen, daß zwischen Herrn von Monte-Christo und mir etwas sehr Ernstes vorgefallen ist....."

„Allerdings, allerdings," versetzte Beauchamp alsogleich; „aber alle unsere Maulaffen wären nicht im Stande, Ihren Heldenmuth zu begreifen, und früher oder später werden Sie sich genöthiget sehen, ihnen energischer zu erklären, daß er der Gesundheit Ihres Leibes und der Dauer Ihres Lebens nicht zusagt. Soll ich Ihnen einen Freundesrath ertheilen? Gehen Sie nach Neapel, nach Haag, nach St. Petersburg, friedliche Länder, wo man im Punkte der Ehre intelligenter ist, als unsere aufbrausenden Pariserköpfe. Sind Sie einmal dort, so geben Sie sich alle Mühe mit Pistolenschießen auf die Scheibe, und endlosem Pariren von Quarten und Terzen; machen Sie sich vergessen genug, um in einigen Jahren friedlich nach Frankreich zurückzukehren, oder hinreichend achtunggebietend in Bezug auf akademische Uebungen, um Ihre Ruhe zu erobern. Nicht wahr, Herr von Château-Renaud, ich habe Recht?"

„Dieß ist ganz meine Meinung," antwortete der Edelmann. „Nichts veranlaßt so sehr die ernsten Duelle, als ein erfolgloses Duell."

„Ich danke, meine Herren," erwiederte Albert mit einem kalten Lächeln; „ich werde Ihren Rath befolgen, nicht weil Sie ihn mir geben, sondern weil es meine Absicht ist, Frankreich zu verlassen. Ich danke Ihnen gleichfalls für den Dienst, den Sie mir erwiesen, indem Sie meine Secundanten machten. Er ist tief in mein Herz gegraben, da ich, nach den Worten, die ich so eben hörte, nur mehr seiner mich erinnere."

Château=Renaud und Beauchamp schauten sich um. Der Eindruck war auf Beide der nämliche, und der Ton, mit welchem Morcerf seinen Dank ausdrückte, trug das Gepräge einer solchen Entschlossenheit, daß die Lage für Alle Verlegenheit bereitend geworden wäre, wenn das Gespräch fortgedauert hätte.

„Adieu, Albert," sagte Beauchamp plötzlich, dem jungen Manne nachläßig die Hand reichend, ohne daß dieser aus seiner Lethargie zu erwachen schien. Wirklich antwortete er nicht auf das Anbieten dieser Hand.

„Adieu," äußerte auch Château=Renaud, in der linken Hand sein Spazierstöckchen haltend, und mit der rechten Hand grüßend.

Albert's Lippen murmelten kaum Adieu! Sein Blick war deutlicher; er enthielt ein ganzes Gedicht von verhaltenem Zorne, von stolzer Verachtung, von hochherziger Entrüstung. Als seine beiden Secundanten wieder in den Wagen gestiegen waren, verweilte er noch eine Zeit lang in seiner unbeweglichen und melancholischen Stellung; dann machte er sein Pferd von einem kleinen Baume los, um den er die Trense geknüpft hatte, schwang sich plötzlich leicht in den Sattel, und schlug wieder im Galoppe den Weg nach Paris ein. Eine Viertelstunde nachher kam er im Hôtel in der Helderstraße an. Vom

Pferde steigend dünkte es ihm, hinter dem Vorhange des
Schlafzimmers des Grafen das blasse Gesicht seines Vaters zu erblicken; Albert wendete seufzend den Kopf ab,
und ging in seinen kleinen Pavillon. Hier angekommen,
warf er einen letzten Blick auf alle diese Schätze, die
ihm seit seiner Kindheit das Leben so schön und so
glücklich machten; noch einmal schaute er diese Gemälde
an, deren Mienen ihm zu lächeln, und deren Gegenden
mit lebendigen Farben sich zu beseelen schienen. Dann
hob er das Porträt seiner Mutter mit seiner Einfassung
von Eichenholz weg, rollte es zusammen, und ließ den
goldenen Rahmen, der es umgab, leer und schwarz.
Dann brachte er seine schönen türkischen Waffen in Ordnung, seine schönen englischen Flinten, seine Porcellan-
Waaren aus Japan, seine gestielten Becher, seine artisti-
schen Broncegegenstände, unterzeichnet Feuchères oder
Barye, untersuchte die Schränke, und steckte an jeden
von ihnen die Schlüssel, warf in eine Schublade seines
Schreibpultes, die er offen ließ, alles Geld, das er in
seiner Tasche trug, fügte dazu die tausend Phantasie-
Kleinodien, welche seine Becher, seine Schmuckkästchen,
seine Schaugestelle füllten, machte ein vollständiges und
genaues Verzeichniß von Allem, und legte dieses Verzeichniß an den augenfälligsten Platz auf einem Tische,
nachdem er von diesem Tische Bücher und Papiere weg-
geräumt hatte, die ihn überfüllten. Bei dem Beginne
dieser Arbeit war, ungeachtet des von Albert ertheilten
Befehles, ihn allein zu lassen, sein Diener in das Zimmer getreten. „Was wollen Sie?“ fragte ihn Morcerf,
mit einem mehr traurigen als zornigen Tone.

7

„Um Vergebung, mein Herr," antwortete der Kammerdiener, „Sie verboten mir zwar, Sie zu stören, aber der Herr Graf von Morcerf hat mir rufen lassen."

„Nun denn?" fragte Albert.

„Ich wollte nicht zum Herrn Grafen gehen, ohne Ihre Befehle entgegen zu nehmen."

„Warum?"

„Weil der Herr Graf ohne Zweifel weiß, daß ich Sie auf den Duellplatz begleitete."

„Das ist wahrscheinlich," äußerte Albert.

„Und da er mich kommen läßt, so geschieht es ohne Zweifel, um mich über das zu befragen, was dort vorfiel. Was soll ich antworten?"

„Die Wahrheit."

„Dann werde ich sagen, daß das Duell unterblieb."

„Sie werden sagen, daß ich dem Herrn Grafen von Monte-Christo Entschuldigungen machte; gehen Sie!"

Der Diener verbeugte und entfernte sich, Albert beschäftigte sich dann wieder mit seinem Verzeichnisse. — Als er seine Arbeit beendigte, fesselte der Lärm im Hofe strampfender Pferde und der Räder eines Wagens, die Fensterscheiben erschütternd, seine Aufmerksamkeit; er näherte sich dem Fenster, und sah seinen Vater in seine Calesche steigen und fortfahren. Kaum war das Thor des Hôtels hinter dem Grafen wieder geschlossen, als Albert in die Wohnung seiner Mutter ging, und, da Niemand da war, ihn zu melden, bis in das Schlafzimmer von Mercédès drang, und mit beklommenem Herzen, hinsichtlich dessen, was er sah, und was er errieth, auf der Schwelle stehen blieb. Wie wenn die

nämliche Seele diese zwei Leiber belebt hätte, that Mercédès in ihrem Gemache, was Albert in dem seinigen
gethan. Alles war in Ordnung gebracht: die Spitzen,
die Schmucksachen, die Juwelen, die Leinwäsche, das
Geld, waren auf dem Boden der Schubläden gereihet,
zu denen die Gräfin sorgfältig die Schlüssel sammelte.
Albert sah alle diese Vorbereitungen; er begriff, und
schlang mit dem Ausrufe: „Meine Mutter!" seine Arme
um den Hals von Mercédès.

Der Maler, welcher den Ausdruck dieser beiden Gesichter wieder zu geben vermocht hätte, würde gewiß ein
schönes Gemälde geliefert haben.

Diese ganze Ausführung eines energischen Entschlus-
ses, welche Albert seinetwegen keine Furcht eingeflößt
hatte, erschreckte ihn wirklich wegen seiner Mutter. „Was
thun Sie denn?" fragte er.

„Was thaten S i e ?" antwortete sie.

„O! meine Mutter," rief Albert aus, so gerührt,
daß er kaum sprechen konnte, „mit Ihnen verhält es sich
nicht so, wie mit mir; nein, S i e können das nicht
beschlossen haben, was ich beschloß, denn ich komme,
um Sie in Kenntniß zu setzen, daß ich Ihrem Hause
Lebewohl sage, und... und Ihnen."

„Auch ich, Albert," versetzte Mercédès, „auch ich
gehe. Ich rechnete darauf, ich gesteh's, daß mein Sohn
mich begleiten würde; hab' ich mich getäuscht?"

„Meine Mutter," erwiederte Albert mit Festigkeit,
„ich kann Sie das Schicksal nicht theilen lassen, das
ich für mich bestimme; ich muß fortan ohne Namen
und ohne Vermögen leben, um die Lehrzeit jener harten

Exiſtenz zu beginnen, daß ich von einem Freunde das
Brod borge, welches ich von jetzt an bis zu dem Mo=
mente eſſen werde, wo ich mir ein anderes verdiene. Ich
will alſo unverzüglich zu Franz gehen, meine gute Mut=
ter, und ihn bitten, mir die kleine Summe zu leihen,
die ich nach meiner Berechnung nöthig habe.“

„Du, mein armes Kind,“ rief Mercédès aus, „Du
ſollteſt Elend erbulden, Hunger leiden! O, ſag' dieß
nicht, Du würdeſt alle meine Entſchlüſſe vereiteln.“

„Aber nicht die meinigen, meine Mutter,“ antwortete
Albert. „Ich bin jung, ich bin ſtark, ich glaube, daß
ich muthig bin, und ſeit geſtern hab' ich gelernt, was
der Wille vermag. Ach! meine Mutter, es giebt Leute,
die ſo viel gelitten haben, und die nicht nur nicht ſtar=
ben, ſondern auch ein neues Glück auf den Ruinen
aller Glücksverheißungen gründeten, welche der Himmel
ihnen gemacht, auf den Trümmern aller Hoffnungen,
die Gott ihnen gegeben hätte. Ich habe dieß gelernt,
meine Mutter, ich habe dieſe Menſchen geſehen; ich weiß,
daß ſie aus der Tiefe des Abgrundes, in welchen ihr Feind
ſie ſtürzte, mit ſo viel Kraft und Ruhm ſich wieder er=
hoben, daß ſie ihren früheren Beſieger überwanden, und
ebenfalls hinunterſtürzten. Nein, meine Mutter, nein,
von heute an hab' ich mit der Vergangenheit gebrochen,
und ich nehme nichts mehr von ihr an, nicht einmal
meinen Namen, weil Ihr Sohn, wie Sie begreifen,
nicht wahr, meine Mutter, den Namen eines Mannes
nicht führen kann, der in Gegenwart eines andern Man=
nes erröthen muß?“

„Albert, mein Kind,“ ſagte Mercédès, „beſäße ich

ein stärkeres Herz, so würde ich Dir diesen Rath ertheilt haben; Dein Bewußtseyn sprach, als meine erloschene Stimme schwieg; folge Deinem Bewußtseyn, mein Sohn. Du hattest Freunde, Albert, brich momentan mit ihnen, aber verzweifle nicht, um Deiner Mutter willen! Das Leben ist noch schön in Deinem Alter, mein lieber Albert, denn Du bist kaum zweiundzwanzig Jahre alt, und da ein so reines Herz, wie das Deinige, eines unbefleckten Namens bedarf, so nimm jenen meines Vaters an: er hieß Herrera. Ich kenne Dich, mein Albert, welche Laufbahn Du auch wählest, Du wirst in kurzer Zeit diesen Namen berühmt machen. Dann, mein Freund, erscheine wieder in der Welt, noch strahlender vom Abglanze Deiner entschwundenen Mißgeschicke, und sollte es, ungeachtet aller meiner Vorhersehungen, nicht so geschehen, so vergönne mir wenigstens diese Hoffnung, da ich nur mehr diesen einzigen Gedanken hegen werde, da ich keine Zukunft mehr habe, und mein Grab an der Schwelle dieses Hauses beginnt."

„Ich werde Ihren Wünschen entsprechen, meine Mutter," erwiederte der junge Mann; „ja, ich theile Ihre Hoffnung, der Zorn des Himmels wird Sie, die so Reine, mich, den so Schuldlosen, nicht verfolgen. Da wir aber entschlossen sind, so lassen Sie uns schnell handeln. Herr von Morcerf hat vor etwa einer halben Stunde das Hôtel verlassen; die Gelegenheit, wie Sie sehen, ist günstig, um Aufsehen und Erklärung zu vermeiden."

„Ich erwarte Sie, mein Sohn," versetzte die Mutter. Albert eilte alsogleich auf den Boulevard, von wo

er einen Fiaker mitbrachte, der sie aus dem Hôtel brin=
gen sollte; er erinnerte sich eines gewissen kleinen, mö=
blirten Miethhauses in der Straße des Saints=Pères,
wo seine Mutter eine bescheidene, aber anständige Woh=
nung finden würde; er kehrte also zurück, um die Gräfin
abzuholen. In dem Momente, da der Fiaker vor dem
Hause hielt, und als Albert ausstieg, näherte sich ihm
ein Mann, und übergab ihm einen Brief. Albert er=
kannte den Intendanten.

„Vom Grafen,“ sagte Bertuccio.

Albert nahm den Brief, erbrach ihn, und las ihn.
Nachdem er ihn gelesen hatte, schaute er nach Bertuccio
um, aber während der junge Mann las, war Bertuccio
verschwunden. Dann ging Albert mit Thränen in den
Augen, mit von Rührung geschwelltem Herzen zu Mer=
cédès, und reichte ihr den Brief, ohne ein einziges Wort
zu sprechen. Mercédès las:

„Albert!

„Indem ich Ihnen zeige, daß ich den Plan durch=
schaute, den Sie auszuführen im Begriffe stehen, glaube
ich Ihnen auch zu zeigen, daß ich das Zartgefühl ver=
stehe. Sie sind frei, Sie verlassen das Hôtel des Gra=
fen, und nehmen Ihre Mutter mit, frei, wie Sie; aber
überlegen Sie, Albert, Sie schulden ihr mehr, als Sie
ihr bezahlen können, Sie armes, edles Herz. Behalten
Sie den Kampf für Sie, tragen Sie allein das Leiden,
aber ersparen Sie ihr das erste Elend, das unvermeidlich
Ihre ersten Anstrengungen begleiten wird; denn sie ver=
schuldet nicht einmal den Widerstrahl des Unglückes,
das sie heute trifft, und die Vorsehung will nicht, daß

der Unschuldige for den Schuldigen büße. Ich weiß, daß Sie Beide das Haus in der Helderstraße verlassen wollen, ohne etwas mitzunehmen. Suchen Sie nicht zu erforschen, wie ich es erfuhr. Ich weiß es, das ist genug.

„Hören Sie, Albert. Vor vierundzwanzig Jahren kehrte ich sehr freudig und sehr stolz in mein Vaterland zurück. Ich hatte eine Verlobte, Albert, ein heiliges, junges Mädchen, das ich anbetete, und ich brachte meiner Verlobten hundertfünfzig Louisd'or mit, die ich durch rastlose Arbeit mühsam erwarb. Dieses Geld war für sie, ich bestimmte es für sie, und der Treulosigkeit des Meeres kundig, vergrub ich unsern Schatz in dem kleinen Garten des Hauses, welches mein Vater zu Marseille in den Alleen von Meillan bewohnte. Ihre Mutter, Albert, kennt dieses ärmliche, liebe Haus gut. Als ich neulich nach Paris kam, reisete ich durch Marseille. Ich besuchte dieses Haus schmerzlicher Erinnerungen, und am Abende wühlte ich, eine Hacke in der Hand, die Ecke auf, wo ich meinen Schatz vergrub. Das eiserne Kästchen war noch am nämlichen Platze, Niemand hatte es berührt; es liegt in der Ecke, die ein von meinem Vater an meinem Geburtstage gepflanzter schöner Feigenbaum überschattet. Wohlan, Albert, dieses Geld, welches ehedem zum Leben und zur Sorglosigkeit jenes Mädchens behülflich sehn sollte, das ich anbetete, hat heute, durch einen seltsamen und schmerzlichen Zufall, die nämliche Verwendung wieder gefunden. O! begreifen Sie wohl meine Gedanken: ich könnte dieser armen Frau Millionen geben, und gebe ihr nur das Stück schwarzen Brodes zurück, welches unter meinem ärmlichen Dache seit dem Tage vergessen wurde, an dem man von derjenigen mich trennte, die ich liebte. Sie sind ein hochherziger Mann, Albert, aber vielleicht sind Sie dennoch durch Stolz oder Groll verblendet; wenn Sie mir eine abschlägige Antwort gäben, wenn Sie von einem Andern zu erhalten suchen, was ich das Recht habe, Ihnen anzubieten, so werde ich sagen, daß es von Ihnen wenig hochherzig sey, den Lebensunterhalt Ihrer Mutter abzulehnen, von einem Manne angeboten, dessen Vater Ihr Vater in den Schrecken des Hungers und der Verzweiflung sterben ließ."

Als Albert mit dem Vorlesen fertig war, blieb er blaß und unbeweglich stehen, erwartend, was seine Mutter beschließen würde. Mercédès schaute mit einem unbeschreiblichen Ausdrucke zum Himmel empor. „Ich nehme an," sagte sie; „er hat das Recht, die Aussteuer zu bezahlen, die ich in ein Kloster mitbringen werde!"

Und den Brief auf ihr Herz legend, nahm sie den Arm ihres Sohnes, und ging mit einem festeren Schritte, als sie ihn vielleicht selbst erwartete, der Treppe zu.

Der Selbstmord.

Inzwischen war auch Monte-Christo mit Emanuel und Maximilian in die Stadt zurückgekehrt. Die Rückkehr war fröhlich. Emanuel verhehlte seine Freude nicht, daß er den Frieden dem Kriege folgen sah, und gestand laut seine philantropischen Ansichten. Morrel, in einer

Ecke des Wagens, ließ den Frohsinn seines Schwagers in Worten sich Luft machen, und fühlte eine ganz eben so aufrichtige Freude, die aber nur in seinen Blicken glänzte. An der Barrière du Trône traf man Bertuccio; er wartete da, unbeweglich, wie eine Schildwache auf ihrem Posten. Monte-Christo streckte den Kopf zum Kutschenschlage hinaus, wechselte mit ihm einige Worte mit leiser Stimme, und der Intendant verschwand.

„Herr Graf," sagte Emanuel, auf der Höhe der Place-Royale ankommend, „lassen Sie mich gefälligst an meiner Thüre absetzen, damit meine Frau auch nicht einen Augenblick Ihret- und meinetwegen in Besorgniß schwebe."

„Wenn es nicht lächerlich wäre, seinen Triumph zur Schau zu tragen," äußerte Morrel, „so würde ich den Herrn Grafen einladen, bei uns einzukehren; aber ohne Zweifel hat auch der Herr Graf bebende Herzen zu beruhigen. Da sind wir nun angekommen, Emanuel; grüßen wir unsern Freund, und lassen wir ihn seinen Weg fortsetzen."

„Noch einen Augenblick," sagte Monte-Christo; „berauben Sie mich nicht so mit einem Schlage meiner beiden Gefährten; gehen Sie zu Ihrer charmanten Frau, und hinterbringen Sie ihr meine herzlichsten Complimente; Morrel, begleiten Sie mich in die Champs-Elyssées."

„Vortrefflich," antwortete Maximilian, „um so mehr, da ich in Ihrem Quartiere zu thun habe, Graf."

„Darf man Dich zum Frühstücke erwarten?" fragte Emanuel.

„Nein," verſetzte der junge Mann.

Der Kutſchenſchlag klappte wieder zu, der Wagen fuhr weiter.

„Sehen Sie, wie ich Ihnen Glück brachte!" ſprach Morrel, als er mit dem Grafen allein war. „Dachten Sie nicht daran?"

„Allerdings," antwortete Monte = Chriſto; „deßhalb möchte ich Sie immer bei mir haben."

„Es iſt wunderbar!" fuhr Morrel fort, ſeinen eige= nen Gedanken antwortend.

„Was denn?" fragte Monte = Chriſto.

„Was ſo eben vorfiel."

„Ja," erwiederte der Graf mit einem Lächeln, „Sie nannten das rechte Wort, Morrel, es iſt wunderbar."

„Denn im Grunde iſt Albert muthig," fuhr Mor= rel fort.

„Sehr muthig," ſagte Monte=Chriſto; „ich ſah ihn ſchlafen, da der Dolch über ſeinem Haupte ſchwebte."

„Und ich weiß, daß er ſich zweimal ſchlug, und ſehr gut ſchlug," bemerkte Morrel; „reimen Sie doch dieß mit ſeinem Benehmen dieſen Morgen zuſammen."

„Immer Ihr Einfluß..." verſetzte Monte = Chriſto lächelnd.

„Es iſt ein Glück für Albert, daß er nicht Soldat iſt," äußerte Morrel.

„Wie ſo?"

„Entſchuldigungen auf dem Duellplatze!" ſagte der junge Capitain, den Kopf ſchüttelnd.

„Ei," ſagte der Graf ſanft, „neigen Sie ſich nicht zu den Vorurtheilen alltäglicher Menſchen hin, Morrel?

Werden Sie nicht zugeben, daß Albert, da er muthig ist, nicht feige seyn kann; daß er irgend einen Grund haben mußte, ~~so~~ zu handeln, wie er diesen Morgen handelte, und daß folglich sein Benehmen eher heroisch, als etwas Anderes ist?"

„Ohne Zweifel, ohne Zweifel," antwortete Morrel „aber ich sage, wie der Spanier: „er war heute weniger muthig, als gestern."

„Sie frühstücken mit mir, nicht wahr, Morrel?" fragte der Graf, um das Gespräch schnell abzubrechen

„Nein, ich verlasse Sie um zehn Uhr."

„Ihr Rendez=vous galt also dem Frühstücke?"

Morrel lächelte und schüttelte den Kopf.

„Sie müssen denn doch irgendwo frühstücken?"

„Wenn ich aber keinen Hunger fühle?" sagte der junge Mann.

„O!" versetzte der Graf, „ich kenne nur zwei Gefühle, die so den Appetit benehmen: den Schmerz ... und da ich Sie zum Glücke sehr heiter sehe, so kann er nicht die Ursache seyn ... und die Liebe. Nun aber ist mir nach dem, was Sie mir hinsichtlich Ihres Herzens sagten, zu glauben erlaubt ..."

„Meiner Treue, Graf," unterbrach ihn Morrel heiter „ich sage nicht nein."

„Und Sie erzählen mir dieß nicht, Maximilian?" erwiederte der Graf mit einem so lebhaftesten Tone, daß man die ganze Theilnahme bemerkte, womit er diese Geheimniß zu kennen wünschte.

„Ich zeigte Ihnen heute, daß ich ein Herz habe nicht wahr, Graf?"

Statt aller Antwort reichte Monte-Christo dem jungen Manne die Hand.

„Wohlan," fuhr dieser fort, „seitdem dieses Herz nicht mehr mit Ihnen im Gehölze von Vincennes ist, ist es anderswo, wo ich es wieder aufsuche."

„Gehen Sie," sagte der Graf langsam, „gehen Sie, lieber Freund, sollten Sie aber auf irgend ein Hinderniß stossen, so belieben Sie sich zu erinnern, daß ich einige Macht auf dieser Welt besitze, und mich glücklich fühle, sie zum Vortheile von Leuten zu gebrauchen, die ich liebe, und daß ich Sie liebe, Morrel."

„Gut," entgegnete der junge Mann, „ich werde mich daran erinnern, wie die selbstsüchtigen Kinder ihrer Eltern sich erinnern, wenn sie derselben bedürfen. Wenn ich Sie nöthig haben werde, und vielleicht tritt dieser Moment ein, werde ich an Sie mich wenden, Graf."

„Gut, ich nehme Sie beim Worte. Adieu also!"

„Auf Wiedersehen!"

Man war an dem Thore des Hauses in den Champs-Elysées angekommen. Monte-Christo öffnete den Kutschenschlag. Morrel sprang aus dem Wagen, Bertuccio wartete auf der Freitreppe. Morrel verschwand durch den Zugang von Marigny, und Monte-Christo ging rasch Bertuccio entgegen. „Nun denn?" fragte er.

„Nun denn!" antwortete der Intendant, „sie wird ihr Haus verlassen."

„Und ihr Sohn?"

„Florentin, sein Kammerdiener, glaubt, daß er es eben so machen werde."

„Kommen Sie!"

1 **

Monte=Christo nahm Bertuccio in sein Cabinet mit, schrieb den Brief, den wir lasen, und gab ihn dem In= tendanten. „Gehen Sie," sagte er, „und eilen Sie; apropos, melden Sie Haydée, daß ich heimkam."

„Da bin ich," versetzte das junge Mädchen, welches bereits bei dem Gerassel des Wagens herabgegangen war, und mit freudestrahlendem Antlitze den Grafen frisch und gesund sah. Bertuccio entfernte sich.

Alle Entzückungen eines Mädchens, das einen ge= liebten Vater wiedersieht, alle unendlichen Wonnen eines Liebchens, das seinen angebeteten Geliebten wieder sieht, empfand Haydée während der ersten Momente dieser von ihr mit so großer Sehnsucht erwarteten Heimkehr. Ge= wiß war Monte=Christo's Freude, obgleich minder mit= theilsam, deßhalb nicht weniger groß; für Herzen, die lange litten, ist die Freude, was der Thau für von der Sonne ausgedörrte Felder ist; Herz und Feld schlürfen diesen wohlthätigen Regen, der auf sie fällt, und von Außen gewahrt man nichts davon. Seit einigen Tagen erkannte Monte=Christo etwas, was er seit langer Zeit nicht zu glauben wagte, nämlich: daß es zwei Mercédès auf der Welt gebe, und daß er noch glücklich werden könnte. Sein glückstrahlendes Auge tauchte sich sehnend in die feuchten Blicke von Haydée, als plötzlich die Thüre aufging. Der Graf runzelte die Stirne.

„Herr von Morcerf!" sagte Baptistin, wie wenn dieser einzige Name seine Entschuldigung enthielte.

Wirklich heiterte sich das Antlitz des Grafen auf. „Welcher," fragte er, „der Vicomte oder der Graf?"

„Der Graf."

„Mein Gott!" rief Haydée aus, „ist's denn noch
[ni]cht zu Ende?"

„Ich weiß nicht, ob es zu Ende ist, mein vielgelieb=
[te]s Kind," antwortete Monte=Christo, die Hände des
[ju]ngen Mädchens fassend, „aber so viel weiß ich, daß
[du] nichts zu befürchten hast."

„O! es ist doch der Elende..."

„Dieser Mann vermag nichts gegen mich, Haydée,"
[unte]rbrach sie Monte=Christo; „als ich mit seinem Sohne
[zu] thun hatte, da durfte man fürchten."

„Daher wirst Du auch nie erfahren, mein hoher
[Her]r," erwiederte das junge Mädchen, „was ich gelitten
[ha]be."

Monte=Christo lächelte. „Bei dem Haupte meines
[Va]ters schwöre ich Dir, Haydée," sprach Monte=Christo,
[di]e Hand über das Haupt des jungen Mädchens aus=
[str]eckend, „daß, wenn ein Unglück sich ereignet, es nicht
[di]r widerfährt."

„Ich glaube Dir, mein hoher Herr, wie wenn Gott
[zu] mir sagte," versetzte das junge Mädchen, seine Stirne
[de]m Grafen darreichend.

Monte=Christo drückte auf diese so reine und so
[schö]ne Stirne einen Kuß, bei dem zwei Herzen zugleich
[schlug]en das eine heftig, das andere heimlich.

[...] mein Gott!" murmelte der Graf, „solltest Du
[...] gestatten; daß ich noch lieben könne! Lassen
[...] Grafen von Morcerf in den Salon tre=
[...] Baptistin, die schöne Griechin zu einer
[...] vor dem Hause [...]
[...] Erklärung dieses, vielleicht von

Monte-Chriſto erwarteten, unſern Leſer aber ohne Zw
ſel unerwarteten Beſuches. Während Mercédès, n
erwähnt, in ihrer Wohnung jene Art von Verzeichn
anfertigte, welches Albert in der ſeinigen machte; wä
rend ſie ihre Juwelen ordnete, ihre Schubläden ſchl
ihre Schlüſſel ſammelte, um alle Dinge in vollkommen
Ordnung zu hinterlaſſen, hatte ſie nicht bemerkt, daß e
blaſſer und düſterer Kopf am Fenſter einer Thüre e
ſchienen war, welches das Tagslicht in den Corrid
ließ; von da aus konnte man nicht nur ſehen, m
konnte auch hören. Jener, welcher auf dieſe Art ſchau
aller Wahrſcheinlichkeit nach ohne geſehen und gehört
werden, ſah und hörte alſo Alles, was bei Frau v
Morcerf vorging. Von dieſem Thürfenſter weg, beg
ſich der Mann mit dem blaſſen Geſichte in das Schl
zimmer des Grafen von Morcerf, und lüftete, dort a
gekommen, mit gekrampfter Hand den Vorhang ein
Fenſters, das in den Hof ging. Er blieb ſo zehn M
nuten lang unbeweglich, ſtumm, den Schlägen ſei
eigenen Herzens lauſchend. Für ihn waren es ſehr lar
zehn Minuten. Zu dieſer Zeit kam Albert von ſein
Rendez-vous zurück, erblickte ſeinen Vater, der ſeine Rü
kunft hinter einem Vorhange erlauerte, und wendete
Kopf ab. Das Auge des Grafen erweiterte ſ die
wußte, daß die von Albert Monte-Chriſto zug
ſchimpfung ſchrecklich war, daß eine ſolche F n
in allen Ländern der Welt ein Duell
Tod nach ſich zog. Nun aber kehrte
geſund zurück, der Graf war alſo
unausſprechlicher Freude erhellte

wie es ein Scheidestrahl der Sonne macht, bevor er
sich in den Wolken verliert, die weniger sein Lager als
sein Grab scheinen. Aber er wartete, wie gesagt, ver=
gebens, daß der junge Mann in seine Wohnung hinauf=
ginge, um ihm seinen Triumph zu verkünden. Daß sein
Sohn, bevor er sich schlug, seinen Vater nicht sehen
wollte, dessen Ehre er zu rächen gedachte, dieß begreift
sich; aber warum kam dieser Sohn nicht, nach gerächter
Ehre des Vaters, um sich in seine Arme zu stürzen?
Nun ließ der Graf, da er Albert nicht sehen konnte,
seinen Diener holen. Man weiß, daß Albert diesen er=
mächtiget hatte, dem Grafen nichts zu verhehlen. Zehn
Minuten nachher sah man den General von Morcerf
auf der Freitreppe erscheinen, angethan mit einem schwar=
zen Oberrocke, einer militärischen Halsbinde, einem
schwarzen Pantalon, schwarzen Handschuhen. Wie es
schien, hatte er schon frühere Befehle ertheilt; denn kaum
gelangte er an die letzte Stufe der Freitreppe, als sein
bespannter Wagen aus dem Schoppen fuhr, und vor
ihm hielt. Sein Kammerdiener warf dann in den Wa=
gen einen militärischen Mantel, von zwei Degen gespreizt,
die er umhüllte, schloß dann den Kutschenschlag, und
setzte sich neben den Kutscher. Der Kutscher neigte sich
gegen die Calesche, um den Befehl zu vernehmen.

„In die Champs=Elysées," sagte der General, „zu
dem Grafen von Monte=Christo. Schnell!"

Die Pferde sprangen unter dem Peitschenhiebe, der
sich über sie hindehnte; fünf Minuten nachher hielten sie
vor dem Hause des Grafen. Herr von Morcerf öffnete
selbst den Schlag, und sprang, während der Wagen noch

fuhr, wie ein junger Mann in die Seitenallee, schellte, und verschwand mit seinem Diener durch die klaffende Thüre. Eine Secunde nachher meldete Baptiftin dem Herrn von Monte-Christo den Grafen von Morcerf, und Monte-Christo, Haydée fortgeleitend, befahl, daß man den Grafen von Morcerf in den Salon treten lasse. — Der General durchschritt zum Drittenmale den Salon nach seiner ganzen Länge, als er, sich umkehrend, Monte-Christo auf der Schwelle gewahrte.

„Ei, Herr von Morcerf ist's,“ sagte Monte-Christo gelassen; „ich glaubte nicht recht gehört zu haben.“

„Ja, ich bin's,“ erwiederte der Graf mit einer schreck-lichen Verzerrung der Lippen, die ihn verhinderte, deut-lich zu sprechen.

„Ich brauche also nur mehr die Ursache zu erfahren,“ äußerte Monte-Christo, „welche mir das Vergnügen verschafft, den Herrn Grafen von Morcerf so früh zu sehen.“

„Sie hatten diesen Morgen ein Zusammentreffen mit meinem Sohne, mein Herr?“ fragte der General.

„Sie wissen dieß?“ antwortete der Graf.

„Und ich weiß auch, daß mein Sohn gute Gründe hatte, um zu wünschen, sich mit Ihnen zu schlagen, und sein Möglichstes zu thun, Sie zu tödten.“

„In der That, mein Herr, er hatte sehr gute Gründe dazu; aber Sie sehen, daß er mich, ungeachtet dieser Gründe, nicht getödtet, ja daß er sich sogar nicht ge-schlagen hat.“

„Und doch betrachtete er Sie als die Ursache der Unehre seines Vaters, als die Ursache des furchtbaren

Ruines, dem in diesem Momente mein Haus anheim=
fällt . . .‟

„Es ist wahr, mein Herr,‟ sagte Monte = Christo
mit seiner schrecklichen Ruhe; „etwa als die secondäre
und nicht als die Hauptursache.‟

„Ohne Zweifel machten Sie ihm irgend eine Ent=
schuldigung, oder gaben ihm irgend eine Erklärung.‟

„Ich gab ihm keine Erklärung, aber er machte mir
Entschuldigungen.‟

„Welchem Umstande messen Sie dieses Benehmen bei?‟

„Wahrscheinlich der Ueberzeugung, daß bei allem dem
ein strafbarerer Mann betheiliget war, als ich.‟

„Und wer war dieser Mann?‟

„Sein Vater.‟

„Es mag seyn,‟ äußerte der Graf erblassend; „aber
Sie wissen, daß der Strafbarste sich nicht gerne seiner
Strafbarkeit überführen hört.‟

„Ich weiß es . . . daher erwartete ich, was in die=
sem Momente geschieht.‟

„Sie erwarteten, daß mein Sohn ein Feiger seyn
würde!‟ rief der Graf aus.

„Herr von Morcerf ist kein Feiger!‟ bemerkte Monte=
Christo.

„Ein Mann, der den Degen in der Hand hält, ein
Mann, dem auf Stoßweite dieses Degens ein Todfeind
gegenüber steht, dieser Mann ist ein Feiger, wenn er
sich nicht schlägt. Warum ist er nicht da, um es ihm
zu sagen!‟

„Mein Herr,‟ antwortete Monte=Christo kalt, „ich
vermuthe nicht, daß Sie mich besuchten, um mir Ihre

kleinen Familienangelegenheiten zu erzählen. Sagen Sie dieß dem Herrn Albert, vielleicht wird er Ihnen eine Antwort zu geben wissen."

„O! nein! nein!" versetzte der General mit einem Lächeln, das eben so schnell verschwand, als es aufzuckte, „nein! Sie haben Recht, deßhalb kam ich nicht! Ich kam, um Ihnen zu sagen, daß auch ich Sie als meinen Feind betrachte; ich kam, um Ihnen zu sagen, daß ich Sie instinktmäßig hasse, daß es mir dünke, ich habe Sie immer gekannt, immer gehaßt, und endlich, daß es, da die jungen Leute dieses Jahrhunderts sich nicht mehr schlagen, an uns ist, uns zu schlagen ... Ist dieß Ihre Ansicht, mein Herr?"

„Vollkommen. Daher wollte ich von der Ehre Ihres Besuches sprechen, als ich Ihnen sagte, ich habe vorhergesehen, was mir begegnete."

„Desto besser. Ihre Vorbereitungen sind also getroffen?"

„Sie sind es immer, mein Herr."

„Sie wissen, daß wir uns bis zum Tode von einem von uns Beiden schlagen werden!" sagte der General, vor Wuth mit den Zähnen knirschend.

„Bis zum Tode von einem von uns Beiden," wiederholte der Graf von Monte = Christo, indem er eine leichte Bewegung mit dem Kopfe von oben nach unten machte.

„Gehen wir also, wir brauchen keine Secundanten."

„In der That," bemerkte Monte = Christo, „das ist überflüßig, wir kennen uns so gut!"

„Im Gegentheile," versetzte der Graf, „wir kennen uns nicht."

„Pah!" sagte Monte-Christo mit dem nämlichen, zur Verzweiflung treibenden Phlegma, „sehen wir ein wenig. Sind Sie nicht der Soldat Fernand, der am Vorabende der Schlacht von Waterloo desertirte? Sind Sie nicht der Lieutenant Fernand, welcher der französischen Armee in Spanien als Führer und Spion diente? Sind Sie nicht der Capitain Fernand, der seinen Wohlthäter Ali verrathen, verkauft, ermordet hat? Und haben nicht alle diese Fernand zusammen den Generallieutenant Grafen von Morcerf, Pair von Frankreich, ausgemacht?"

„O!" rief der General aus, von diesen Worten wie von einem glühenden Eisen getroffen, „o! Elender, der Du mir meine Schande in dem Momente vorwirfst, da Du mich vielleicht tödten wirst, nein, ich sagte nicht, daß ich Dir unbekannt sey; ich weiß wohl, daß Du in die Nacht der Vergangenheit drangest, und bei dem Schimmer irgend einer Fackel, ich weiß es nicht! jede Seite meines Lebens lasest; aber vielleicht ist noch mehr Ehre in mir, in meiner Schmach, als in Dir unter Deinem pomphaften Aeußern. Nein, nein, ich bin Dir bekannt, ich weiß es; aber Dich kenne ich nicht, aus Gold und Edelsteinen zusammengeflickter Abenteurer! — Du lässest Dich in Paris den Grafen von Monte-Christo nennen, in Italien Simbad den Seemann, in Malta . . . was weiß ich? Ich vergaß es. Aber ich frage Dich um Deinen wirklichen Namen, Deinen wahren Namen inmitten Deiner hundert Namen will ich wissen, damit ich ihn auf dem Duellplatze in dem Au-

genblicke ausspreche, wo ich Dir meinen Degen in das
Herz rennen werde."

Der Graf von Monte-Christo erblaßte auf eine schreck=
liche Weise, sein fahles Auge erglühte von einer verzeh=
renden Flamme; er sprang in das an sein Zimmer stof=
fende Cabinet, und in weniger als einer Secunde, seine
Cravate wegreißend, seinen Oberrock und sein Gilet, zog
er eine kleine Seemannsweste an, und setzte einen Ma=
trosenhut auf, unter dem seine langen, schwarzen Haare
walleten. So kehrte er zurück, furchtbar, unversöhnlich,
mit gekreuzten Armen dem Generale entgegen schreitend,
der sein Verschwinden nicht begriff, der seiner harrte,
und, indem er seine Zähne klappern und seine Beine
zusammenbrechen fühlte, einen Schritt zurückfuhr, und
erst stehen blieb, als er auf einem Tische einen Stütz=
punkt für seine gekrampfte Hand erreichte.

„Fernand!" rief er ihm zu, „von meinen hundert
Namen brauche ich Dir nur einen einzigen zu nennen,
um Dich niederzudonnern; aber Du erräthest diesen Na=
men, nicht wahr? Oder vielmehr Du erinnerst Dich
desselben? Denn ungeachtet aller meiner Kümmernisse,
aller meiner Qualen, zeige ich Dir heute ein Antlitz,
welches das Glück der Rache verjünget, ein Antlitz, das
Du sehr oft in Deinen Träumen mußt gesehen haben,
seit Deiner Vermählung . . . mit Mercédès, meiner
Verlobten!"

Der General starrte schweigend, den Kopf rückwärts
gesträubt, die Hände ausgestreckt, gebannten Blickes, diese
schreckliche Erscheinung an, dann suchte er die Mauer
als einen Stützpunkt, schlarfte langsam bis zur Thüre

durch die er rücklings hinausschritt, indem er den einzigen, traurigen, kläglichen, herzzerreißenden Schrei entschlüpfen ließ: „Edmund Dantès!"

Dann schleppte er sich mit Seufzern, die nicht mehr
menschlich klangen, zur Säulenhalle des Hauses, wankte
wie ein Betrunkener durch den Hof, und sank in die
Arme seines Kammerdieners, bloß mit einer unverständ-
lichen Stimme murmelnd: „In's Hôtel! In's Hôtel!"

Unterweges setzten ihn die frische Luft und die Scham,
welche die Aufmerksamkeit seiner Leute ihm verursachte,
wieder in Stand, seine Gedanken zu sammeln; aber die
Fahrt war kurz, und in dem Maße, als er sich seinem
Hause näherte, fühlte der Graf alle seine Leiden sich er-
neuern. Einige Schritte vom Hause ließ der Graf halten, und stieg aus. Die Pforte des Hôtels stand an-
gelweit offen; ein Fiaker, ganz verblüfft, in diese prächtige Behausung geholt zu seyn, hielt mitten im Hofe;
der Graf schaute den Fiaker mit Schrecken an, aber ohne
daß er Jemand zu fragen wagte, und eilte in seine Gemächer. Zwei Personen gingen die Treppe hinab; er
fand nur Zeit, in ein Cabinet zu stürzen, um ihnen aus-
zuweichen. Mercédès war's, auf den Arm ihres Sohnes gestützt; Beide verließen das Hôtel. In einer Entfernung von zwei Linien gingen sie an dem Unglück-
lichen vorüber, der, hinter dem damastenen Thürvorhange,
 ̇eise von dem seidenen Kleide von Mercédès leicht
 ̇ft wurde, und an seinem Gesichte den warmen
 ̇) dieser von seinem Sohne gesprochenen Worte
 ̇ : „Muth, meine Mutter! Kommen Sie, kommen
 ̇ wir sind hier nicht mehr zu Hause!"

Die Worte verhallten, die Schritte entfernten sich. Der General richtete sich auf, mit seinen gekrampften Händen an den damastenen Vorhang geklammert; er unterdrückte das furchtbarste Schluchzen, welches jemals der Brust eines von seinem Weibe und zugleich von seinem Sohne verlassenen Vaters entstöhnte. Bald hörte er den eisernen Kutschenschlag des Fiakers zuklappen, dann die Stimme des Kutschers, dann erschütterte das Rollen der schwerfälligen Maschine die Fensterscheiben; nun stürzte er in sein Schlafzimmer, um noch einmal all das zu sehen, was er auf der Welt geliebt hatte; aber der Fiaker fuhr fort, ohne daß der Kopf von Mercédès oder jener Albert's am Kutschenschlage erschien, um dem einsamen Hause, um dem verlassenen Vater und Gatten, den letzten Blick, den Blick des Bedauerns zu gewähren, nämlich: die Verzeihung. Daher krachte gerade in dem Momente, da die Räder des Miethwagens das Pflaster der Thorwölbung erschütterten, ein Schuß, und ein düsterer Rauch wirbelte aus einer, durch die Gewalt des Knalles zerschmetterten Scheibe dieses Fensters.

Valentine.

Man errathet, wo Morrel zu thun hatte, und wem sein Rendez-vous galt. Daher schlug Morrel, als er Monte-Christo verließ, langsam den Weg nach Villefort's Hause ein. Wir sagen: langsam: Morrel hatte nämlich mehr als eine halbe Stunde zur Verfügung, um fünfhundert Schritte zu machen; aber ungeachtet

dieſer mehr als genügenden Zeit, beeilte er ſich, Monte=
Chriſto zu verlaſſen, drängte es ihn, mit ſeinen Gedan=
ken allein zu ſeyn.

Er wußte ſeine Stunde gut: die Stunde, in welcher
Valentine, bei dem Frühſtücke von Noirtier anweſend,
ſicher war, in ihrer frommen Pflicht nicht geſtört zu
werden. Noirtier und Valentine hatten ihm zwei Be=
ſuche wöchentlich bewilliget, und er benützte ſein Recht.
Er kam, Valentine erwartete ihn. Unruhig, beinahe
verwirrt, faßte ſie ſeine Hand, und führte ihn zu ihrem
Großvater. Dieſe, wie wir ſagen, faſt bis zur Verwir=
rung getriebene Unruhe, entſprang aus dem Aufſehen,
welches Morcerf's Abenteuer in der großen Welt ge=
macht hatte; man wußte... die große Welt weiß immer...
das Abenteuer in der Oper. Bei Villefort zweifelte
Niemand, daß ein Duell die unvermeidliche Folge dieſes
Abenteuers ſeyn werde; Valentine hatte mit ihrem weib=
lichen Inſtinkte errathen, daß Morrel Monte=Chriſto's
Secundant ſeyn würde, und fürchtete, bei dem wohlbe=
kannten Muthe des jungen Mannes, bei ſeiner innigen
Freundſchaft für den Grafen, die ſie kannte, daß er die
Kraft nicht beſitze, ſich auf die ihm zugetheilte paſſive
Rolle zu beſchränken. Man begreift alſo, mit welcher
Begier die Details verlangt, gegeben und aufgenommen
wurden, und Morrel konnte eine unausſprechliche Freude
in den Augen ſeiner Vielgeliebten leſen, als ſie erfuhr,
daß dieſe ſchrecklichen Angelegenheit eine eben ſo glücklichen
als unerwarteten Ausgang genommen habe.

„Nun,“ ſagte Valentine, indem ſie Morrel ein Zei=
chen gab, ſich an die Seite des Greiſes zu ſetzen, und

indem sie selbst auf das Tabouret sich setzte, wo ihre Füße ruhten, „nun wollen wir ein wenig von unsern Angelegenheiten sprechen. Sie wissen, Maximilian, daß der gute Papa einen Augenblick den Gedanken hegte, das Haus zu verlassen, und außerhalb des Hôtels des Herrn von Villefort eine Wohnung zu nehmen."

„Ja, gewiß," erwiederte Maximilian, „ich erinnere mich dieses Vorhabens, und schenkte ihm auch meinen vollen Beifall."

„Nun denn," sagte Valentine, „schenken Sie ihm noch immer Ihren Beifall, Maximilian, denn der gute Papa kommt auf dieses Vorhaben zurück."

„Bravo!" äußerte Maximilian.

„Und wissen Sie," fragte Valentine, „welchen Grund der gute Papa angiebt, um das Haus zu verlassen?"

Noirtier schaute seine Enkelin an, um ihr mit dem Auge Stillschweigen einzuschärfen; aber Valentine schaute Noirtier nicht an; ihre Augen, ihr Blick, ihr Lächeln, Alles wendete sie Morrel zu.

„O! was immer für einen Grund Herr Noirtier angeben mag," rief Morrel aus, „ich erkläre, daß er gut ist."

„Vortrefflich," sagte Valentine: „er behauptet, daß die Luft der Vorstadt Saint=Honoré für mich nicht taugt."

„In der That," äußerte Morrel; „hören Sie, Valentine, Herr Noirtier könnte wohl Recht haben; ich finde, daß Ihre Gesundheit seit vierzehn Tagen abnimmt."

„Ja, ein wenig, es ist wahr," entgegnete Valentine; „daher ist der gute Papa mein Arzt geworden, und da der gute Papa Alles weiß, setze ich das größte Vertrauen auf ihn."

"So ist es denn doch wahr, daß Sie leidend sind, Valentine?" fragte Morrel rasch.

"O! mein Gott, dieß ist kein Leiden zu nennen: ich fühle eine allgemeine Unbehaglichkeit, weiter nichts; ich habe den Appetit verloren, und mir dünkt, daß mein Magen einen Kampf unterhält, um sich an etwas zu gewöhnen."

Noirtier verlor keines von Valentinens Worten.

"Und welche Behandlung wenden Sie gegen diese unbekannte Krankheit an?"

"O! eine sehr einfache," antwortete Valentine; "ich verschlucke an jedem Morgen einen Löffel voll von dem Tränkchen, das man meinem Großvater bringt; wenn ich sage ... einen Löffel voll, so verstehe ich darunter, daß ich mit einem anfing, und nun bei vieren bin. Mein Großvater behauptet, es sey ein allgemeines Heil= mittel."

Valentine lächelte; es lag aber etwas Trauriges und Leidendes in ihrem Lächeln. Maximilian, liebe= trunken, schaute sie schweigend an; sie war sehr schön, aber ihre Blässe hatte einen matteren Ton angenommen, ihre Augen glänzten mit einem glühenderen Feuer, als gewöhnlich, und ihre sonst perlenmutterweißen Hände schienen Hände von Wachs zu seyn, das mit der Zeit eine gelbliche Schattirung zeigt. Von Valentinen wen= dete der junge Mann die Augen auf Noirtier, dieser betrachtete mit sonderbarer und tiefer Intelligenz das junge, in Liebe versunkene Mädchen; aber auch er, wie

Morrel, folgte diesen Spuren eines geheimen, übrigens so wenig sichtbaren Leidens, daß es den Augen Aller, ausgenommen jenem des Vaters und des Geliebten, entgangen wäre.

„Aber ich hielt jenes Tränkchen," bemerkte Morrel, „bei dessen Genuße Sie es schon auf vier Löffel voll brachten, für Herrn Noirtier verordnet?"

„Ich weiß, daß es sehr bitter ist," antwortete Valentine, „so bitter, daß Alles, was ich nachher trinke, mir den nämlichen Geschmack zu haben scheint."

Noirtier schaute seine Tochter mit einem fragenden Blicke an.

„Ja, guter Papa," fuhr Valentine fort, „so ist's. So eben, bevor ich zu Ihnen herabging, trank ich ein Glas Zuckerwasser; wohlan, ich ließ die Hälfte davon stehen, so bitter schien mir dieses Wasser."

Noirtier erblaßte, und machte ein Zeichen, daß er sprechen wolle. Valentine stand auf, um das Wörterbuch zu holen. Noirtier schaute ihr mit einer sichtbaren Angst nach. Wirklich stieg dem jungen Mädchen das Blut in den Kopf; Valentinens Wangen färbten sich. „Ei," rief sie aus, ohne ihre Heiterkeit zu verlieren, „das ist sonderbar: eine Blendung! Scheint mir denn die Sonne in die Augen? . . ."

Und sie stützte sich auf den Drehriegel des Fensters.

„Die Sonne scheint nicht," antwortete Morrel, noch besorgter über den Ausdruck von Noirtier's Gesichte, als über Valentinens Unpäßlichkeit.

Und er eilte zu Valentinen. Das junge Mädchen lächelte. „Beruhige Dich, guter Vater," sagte sie zu

Noirtier; „beruhigen Sie sich, Maximilian, es ist nichts,
und der Anfall ist schon vorbei; aber horchen Sie
doch!... Ist's nicht das Gerassel eines Wagens, der
in den Hof fährt?“

Sie öffnete Noirtier's Thüre, eilte an ein Fenster
des Corridors, und kam eilig zurück. „Ja,“ sagte sie,
„Madame Danglars und ihre Tochter sind es, die uns
einen Besuch machen. Adieu, ich flüchte mich, man
könnte mich sonst hier holen, oder vielmehr: auf Wieder=
sehen; bleiben Sie bei dem guten Papa, Herr Maxi=
milian, ich verspreche Ihnen, sie nicht lange aufzuhalten.“

Morrel schaute ihr nach, sah sie die Thüre wieder
schließen, und hörte sie die kleine Treppe hinaufgehen,
die in die Wohnung der Frau von Villefort und zugleich
in die ihrige führte. So wie sie verschwunden war,
machte Noirtier Morrel ein Zeichen, das Wörterbuch zu
nehmen. Morrel gehorchte; er hatte sich unter Valen=
tinens Anleitung schnell eingeübt, den Greis zu verstehen.
Jedoch, wie geübt er auch war, da er einen Theil der
vierundzwanzig Buchstaben des Alphabetes die Musterung
passiren lassen, und jedes Wort im Wörterbuche finden
mußte, wurde erst nach Verlauf von zehn Minuten der
Gedanke des Greises durch diese Worte übersetzt! „Ho=
len Sie das Glas Wasser und die Carafine, welche in
Valentinens Zimmer sind.“

Morrel schellte alsogleich dem Diener, dem Nachfol=
ger von Barrois, und ertheilte ihm in Noirtier's Na=
men diesen Befehl. Der Diener kam einen Augenblick
nachher zurück. Die Carafine und das Glas waren
ganz leer. Noirtier machte ein Zeichen, daß er sprechen

wolle. „Warum ſind das Glas und die Carafine leer?“ fragte er. „Valentine ſagte ja, daß ſie nur die Hälfte vom Inhalte des Glaſes getrunken habe.“

Die Ueberſetzung dieſer neuen Frage nahm wieder fünf Minuten in Anſpruch.

„Ich weiß es nicht,“ antwortete der Diener; „aber die Zofe iſt in der Wohnung des Fräuleins Valentine; vielleicht trank ſie es aus.“

„Fragen Sie dieſelbe,“ ſagte Morrel, der dießmal Noirtier's Gedanken aus dem Blicke erkannte.

Der Diener entfernte ſich, und kam faſt alſogleich wieder.

„Fräulein Valentine ging durch ihr Zimmer, um ſich in jenes der Frau von Villefort zu begeben,“ meldete er; „und da ſie im Durchgehen Durſt fühlte, trank ſie den Reſt im Glaſe aus; was in der Carafine war, benützte Eduard, um ſeinen Enten einen Teich zu machen.“

Noirtier ſchlug ſeine Augen zum Himmel empor wie ein Spieler, der auf eine Karte Alles ſetzt, was er beſitzt. Von nun an heftete der Greis ſeine Augen auf die Thüre, und wendete ſie von dieſer Richtung nicht mehr ab. Es waren wirklich Madame Danglars und ihre Tochter, welche Valentine geſehen hatte; man führte ſie in das Zimmer der Frau von Villefort, welche erklärte, daß ſie Beſuch annehme; deßhalb war Valentine durch ihr Gemach gegangen, da ihr Zimmer in gleicher Ebene mit jenem Valentinens lag, und die beiden Zimmer nur durch Eduards Zimmer getrennt waren. Die beiden Frauen traten mit jener Art offizieller Steifheit in den Salon, welche eine Mittheilung verkündet. Zwischen Leuten von gleicher Stellung findet der Tact des Benehmens sich leicht. Frau von Villefort entgegnete der Feierlichkeit mit Feierlichkeit. In diesem Momente trat Valentine ein, und die Begrüßungen begannen wieder.

„Liebe Freundin," sagte die Baronin, während die beiden jungen Mädchen sich die Hände reichten, „ich komme mit Eugenien, um die Erste zu seyn, welche Sie von der sehr nahen Vermählung meiner Tochter mit dem Prinzen Cavalcanti in Kenntniß setzt."

Danglars hatte den Prinzentitel aufrecht erhalten. Der populäre Banquier fand, daß sich dieß besser mache, als der Titel Graf.

„Dann erlauben Sie mir, Ihnen meine aufrichtigen Glückswünsche darzubringen," erwiederte Frau von Villefort. „Der Herr Prinz Cavalcanti scheint ein junger Mann voll seltener Eigenschaften zu seyn."

„Hören Sie," sagte die Baronin lächelnd, „wenn wir als zwei Freundinnen sprechen, so muß ich Ihnen sagen, daß uns der Prinz das noch nicht zu seyn scheint, was er werden wird. Er hat ein wenig von jener Sonderbarkeit an sich, woran man auf den ersten Blick einen italienischen oder deutschen Edelmann erkennt. Er zeigt jedoch ein sehr gutes Herz, große Feinheit des Geistes, und hinsichtlich des Wohlstandes behauptet Herr Danglars, daß sein Vermögen majestätisch sey, dieß ist sein Ausdruck."

„Und fügen Sie noch bei, Madame," äußerte Eugenie, das Album der Frau von Villefort durchblätternd,

„daß Sie eine ganz besondere Neigung zu diesem jungen Manne hegen."

„Und ich brauche Sie nicht zu fragen," — versetzte Frau von Villefort, — „ob Sie diese Neigung theilen?"

„Ich?" antwortete Eugenie mit ihrer gewöhnlichen Ungezwungenheit, „o! nicht im mindesten von der Welt, Madame, mein Beruf war nicht, mich an die Mühen einer Haushaltung, oder an die Launen eines Mannes zu ketten, sey er wer immer. Mein Beruf war, Künstlerin zu werden, und folglich frei verfügend über mein Herz, meine Person und meinen Gedanken."

Eugenie sprach diese Worte mit einem so entschiedenen und so festen Tone aus, daß Valentinen die Röthe in's Gesicht stieg. Das furchtsame, junge Mädchen konnte diese kräftige Natur nicht begreifen, die durchaus keine weibliche Schüchternheit zu besitzen schien.

„Uebrigens," fuhr sie fort, „da ich bestimmt bin, vermählt zu werden, ich mag wollen oder nicht, so muß ich der Vorsehung danken, daß sie mich wenigstens mit der Verschmähung des Herrn Albert von Morcerf beglückt hat; ohne diese Vorsehung wäre ich jetzt die Gattin eines Mannes, der seine Ehre verlor."

„Es ist denn doch wahr," äußerte die Baronin mit jener sonderbaren Treuherzigkeit, die man bisweilen bei den vornehmen Damen findet, und welche sie durch ihren Umgang mit bürgerlichen Personen nie völlig verlieren, „es ist denn doch wahr, ohne dieses Zögern der Morcerf's hätte meine Tochter diesen Herrn Albert geheirathet; dem Generale lag viel daran; er war sogar

gekommen, um Herrn Danglars dazu zu nöthigen; wir
sind ihm hübsch ausgekommen.“

„Fällt denn diese ganze Schande des Vaters auf den
Sohn zurück?“ fragte Valentine schüchtern, „Herr Albert scheint mir an allen diesen Verräthereien des Ge-
nerals sehr unschuldig.“

„Um Vergebung, liebe Freundin,“ antwortete das
unversöhnliche junge Mädchen, „Herr Albert verlangt
und verdient seinen Theil daran; es scheint, daß er,
nachdem er gestern den Herrn von Monte-Christo in der
Oper herausforderte, ihm heute auf dem Duellplatze Entschuldigungen machte.“

„Unmöglich!“ rief Frau von Villefort aus.

„Ah! liebe Freundin,“ bemerkte Madame Danglars
mit der von uns bereits bezeichneten Treuherzigkeit, „die
Sache ist gewiß, ich weiß sie von Herrn Debray, der
bei der Erklärung gegenwärtig war.“

Auch Valentine wußte die Wahrheit, aber sie antwortete nicht. Durch ein Wort in ihre Erinnerungen
zurückgedrängt, befand sie sich wieder im Geiste in Noirtier's
Zimmer, wo Morrel ihrer harrte. In diese Art innerer
Betrachtung versunken, hatte Valentine seit einem Augenblicke aufgehört, am Gespräche Theil zu nehmen, es
wäre ihr sogar unmöglich gewesen, zu wiederholen, was
seit einigen Minuten gesprochen wurde, als plötzlich die
Hand der Madame Danglars, auf ihren Arm sich stützend,
sie aus ihren Träumen weckte.

„Was giebt's, Madame?“ fragte Valentine, bei der
Berührung der Finger von Madame Danglars, wie durch
eine elektrische Berührung bebend.

„Was es giebt, meine liebe Valentine?" antwortete die Baronin; „daß Sie ohne Zweifel leidend sind."

„Ich?" fragte das junge Mädchen, mit der Hand an ihre brennende Stirne fahrend.

„Ja, schauen Sie in diesen Spiegel; Sie sind in Zeit von einer Minute drei= bis viermal nach einander erröthet und erblaßt."

„Du bist wirklich sehr blaß!" rief Eugenie aus.

„O! beunruhige Dich nicht, Eugenie; ich bin seit einigen Tagen so."

Und so wenig schlau das junge Mädchen war, so begriff es doch, daß dieß eine Gelegenheit wäre, fortzu= gehen. Zudem kam ihr Frau von Villefort zu Hülfe.

„Gehen Sie fort, Valentine," sagte sie; „Sie sind wirklich leidend, und diese Damen werden Ihnen wohl verzeihen; trinken Sie ein Glas Wasser, und Sie wer= den sich wieder erholen."

Valentine küßte Eugenie, grüßte Madame Danglars, die bereits aufgestanden war, um sich zu entfernen, und ging fort.

„Dieses arme Kind," äußerte Frau von Villefort nach Valentinens Fortgehen, „beunruhiget mich ernst= lich, und ich würde nicht erstaunen, wenn ihr irgend ein schwerer Unfall begegnete."

Indessen war Valentine in einer Art von Exaltation, die sie sich nicht erklären konnte, durch Eduards Zim= mer gegangen, ohne auf ich weiß nicht was für eine Liebkei des Knaben zu antworten, und durch ihr Zim= mer zur kleinen Treppe gelangt. Sie hatte alle Stufen derselben zurückgelegt, mit Ausnahme der drei letzten;

fie hörte schon Morrel's Stimme, als plötzlich eine
Wolke vor ihren Augen vorüber glitt, ihr erstarrter Fuß
die Stufe verfehlte, ihre Hände keine Kraft mehr be=
saßen, um sich am Geländer zu halten, und sie, die
Wand streifend, über die drei letzten Stufen mehr hin=
unterrollte, als hinunterging. Mit einem Sprunge
war Morrel an der Thüre; die er öffnete; er fand Va=
lentine auf dem Vorplatze hingestreckt. Blitzschnell hob
er sie in seine Arme auf, und setzte sie in einen Lehn=
stuhl. Valentine öffnete die Augen wieder. „O! ich
Ungeschickte!" sagte sie mit einer fieberhaften Hast; „ich
weiß mich also nicht mehr zu halten! Ich vergesse,
daß vor dem Vorplatze drei Stufen kommen!"

„Sie haben sich vielleicht verletzt, Valentine!" rief
Morrel aus. „O, mein Gott! mein Gott!"

Valentine schaute um sich; sie sah den größten
Schrecken in Noirtier's Augen ausgedrückt. „Beruhige
Dich, guter Vater," sagte sie, indem sie zu lächeln ver=
suchte; „es ist nichts, es ist nichts ... der Kopf
schwindelte mir, weiter nichts."

„Wieder eine Betäubung!" sagte Morrel, die Hände
faltend. „O! geben Sie Acht, Valentine, ich bitte Sie
inständig."

„Ei nein," erwiederte Valentine, „ei nein, ich sage
Ihnen ja, daß Alles vorüber ist, und daß es nichts
war. Nun lassen Sie mich Ihnen eine Neuigkeit erzäh=
len: in acht Tagen heirathet Eugenie, und in drei Tagen
giebt es eine Art großen Festmahles, einen Verlobungs=
schmaus. Wir Alle sind eingeladen, mein Vater, Frau von
Villefort und ich, wenigstens wie ich zu verstehen glaubte."

„Wann wird dann die Reihe an uns kommen, uns mit diesen Details zu beschäftigen? O! Valentine, die Sie über unsern guten Papa so viel vermögen, trachten Sie doch, daß er uns antworte: „„Bald!"""

„Sie rechnen also auf mich," fragte Valentine, „die Langsamkeit unsers guten Papa anzuspornen, und sein Gedächtniß zu wecken?"

„Ja," rief Morrel aus. „Mein Gott! Mein Gott! machen Sie schnell! So lange Sie nicht mein gehören, Valentine, wird es mir immer scheinen, daß Sie mir entgehen."

„O!" antwortete Valentine mit einer convulsivischen Bewegung, „o! wahrhaftig, Maximilian, Sie sind zu furchtsam für einen Offizier, für einen Soldaten, der, wie man sagt, die Furcht nie gekannt hat. Ah! ah! ah!"

Und sie brach in ein durchbringendes und schmerzliches Lachen aus, ihre Arme wurden steif und drehten sich, ihr Kopf sank rückwärts über ihren Lehnstuhl, und sie blieb bewegungslos. Der Schreckensschrei, den Gott an Noirtiers Lippen kettete, schoß aus seinem Blicke hervor. Morrel verstand ihn; es mußte um Hülfe gerufen werden. Der junge Mann schellte heftig; die Zofe, welche in Valentinens Zimmer war, und der Diener, der Nachfolger von Barrois, eilten zu gleicher Zeit herbei. Valentine war so blaß, so kalt, so leblos, daß, ohne daß sie hörten, was man zu ihnen sagte, die Furcht, welche unablässig in diesem verfluchten Hause wachte, sie erfaßte, und sie durch die Corridore, um Hülfe schreiend, stürzten. Madame Danglars und Eugenie gingen gerade in diesem Momente fort; sie konnten noch die Ursache dieses ganzen Aufruhres erfahren. „Ich sagte es Ihnen ja!" rief Frau von Villefort aus; „das arme Kind!"

Das Geständniß.

Im nämlichen Augenblicke hörte man die Stimme des Herrn von Villefort, der aus seinem Cabinete rief: „Was gibt's?"

Morrel fragte mit dem Auge Noirtier, der seine ganze Kaltblütigkeit wieder gewonnen hatte, und mit einem Blicke ihm das Cabinet bezeichnete, in welches er sich schon einmal in einem beinahe ähnlichen Falle flüchtete. Er fand nur so viel Zeit, seinen Hut zu nehmen, und hineinzueilen. Man hörte die Tritte des Staatsanwaltes im Corridor. Villefort stürzte hastig in das Zimmer, eilte auf Valentinen zu, und nahm sie in seine Arme.

„Einen Arzt! Einen Arzt! ... Herrn von Avrigny!" rief Villefort; „oder ich geh' lieber gleich selbst hin."

Und er rannte zum Gemache hinaus. Morrel sprang durch die andere Thüre fort. Eine furchtbare Erinnerung krampfte sein Herz; jenes Gespräch zwischen Villefort und dem Doctor, das er in der Nacht des Todes der Frau von Saint=Méran hörte, fiel ihm wieder bei; diese auf einen minder furchtbaren Grad gestiegenen Symptome waren die nämlichen, die dem Tode von Barrois vorausgingen. Zu gleicher Zeit dünkte es ihm jene Stimme Monte=Christo's in sein Ohr flüstern zu

2**

hören, die vor kaum zwei Stunden zu ihm sagte: „Wenn Sie irgend etwas bedürfen, Morrel, so kommen Sie zu mir, ich vermag viel.“

Schneller als der Gedanke flog er also aus der Vorstadt Saint=Honoré in die Straße Matignon, und aus der Straße Matignon in den Zugang der Champs= Elysées. Inzwischen kam Herr von Villefort in einem Miethcabriolet an der Thüre des Herrn von Avrigny an; er schellte so ungestüm, daß der Portier ihm mit erschrockener Miene öffnete. Villefort rannte zur Treppe, ohne die Kraft zu haben, etwas zu sagen. Der Por= tier kannte ihn, und ließ ihn passiren, indem er ihm bloß zurief: „In seinem Cabinete, Herr Staatsanwalt, in seinem Cabinete!“

Villefort drückte bereits die Thüre auf, oder vielmehr stieß sie ein. „Ah!“ sagte der Doctor, „S i e sind’s?“

„Ja,“ antwortete Villefort, die Thüre hinter sich schließend, „ja, Doctor, ich bin’s, und frage Sie, ob wir wohl allein sind. Doctor, mein Haus ist ein ver= fluchtes Haus!“

„Wie!“ versetzte dieser mit anscheinender Kälte, aber mit einer tiefen inneren Gemüthsbewegung, „ist wieder Jemand krank?“

„Ja, Doctor,“ rief Villefort aus, mit convulsivischer Hand in seinen Haaren wühlend, „ja!“

Der Blick von Avrigny’s drückte aus: „Ich sagte es Ihnen vorher.“

Dann betonten die Lippen langsam diese Worte: „Wer ist denn bei Ihnen am Sterben, und welches neue Opfer wird Sie der Schwäche vor Gott anklagen?“

Ein schmerzliches Schluchzen entstöhnte von Ville-
forts Herzen; er näherte sich dem Arzte, faßte ihn am
Arme und antwortete: „Valentine! Die Reihe ist an
Valentinen!"

„Ihre Tochter!" rief von Avrigny aus, von Schmerz
und Erstaunen ergriffen.

„Sie sehen, daß Sie sich täuschten," murmelte der
Justizbeamte; besuchen Sie sie, und bitten Sie auf ihrem Schmerzenslager sie um Verzeihung, einen Argwohn
gegen sie gehegt zu haben."

„So oft Sie mich in Kenntniß setzten," sagte Herr
von Avrigny, „war es zu spät; gleichviel, ich gehe
hin, aber beeilen wir uns, mein Herr; mit den Feinden, die in Ihrem Hause angreifen, ist keine Zeit zu
verlieren."

„O! dießmal, Doctor, werden Sie mir meine Schwäche
nicht mehr vorwerfen. Dießmal werde ich den Mörder
kennen und ihm zu Leibe gehen."

„Versuchen wir, das Opfer zu retten, bevor wir
daran denken, es zu rächen," sagte von Avrigny. „Kommen Sie!"

Und das Cabriolet, welches Villefort hergeführt hatte,
führte ihn wieder in scharfem Trabe zurück, in von
Avrigny's Begleitung, gerade in dem Augenblicke, da
Morrel an Monte-Christo's Thüre klopfte. Der Graf
war in seinem Cabinete, und las, sehr bekümmert, etwas, was Bertuccio ihm so eben eilig gesendet hatte. Als
er Morrel melden hörte, der ihn vor kaum zwei Stunden verließ, hob der Graf den Kopf wieder empor. Für

2***

ihn wie für den Grafen war während dieser zwei Stunden ohne Zweifel gar Manches vorgefallen; denn der
junge Mann, welcher ihn mit dem Lächeln auf den Lippen verließ, kam jetzt mit verstörtem Gesichte.

Er stand auf und eilte Morrel entgegen. „Was
fehlt denn, Maximilian?" fragte er ihn; „Sie sind
blaß, und der Schweiß rieselt von Ihrer Stirne."

Morrel sank mehr in einen Lehnstuhl, als daß er
sich setzte. „Ja," antwortete er, „ich bin schnell gekommen, ich mußte mit Ihnen sprechen."

„Jedermann befindet sich wohl in Ihrer Familie?"
fragte der Graf mit einem Tone liebreichen Wohlwol-
lens, an dessen Aufrichtigkeit Niemand sich täuschen
konnte.

„Ich danke, Graf, ich danke," erwiederte der junge
Mann, sichtbar verlegen, das Gespräch zu beginnen, „ja
in meiner Familie ist Alles wohl."

„Desto besser; dennoch haben Sie mir etwas zu
sagen?" fragte der Graf immer besorgter.

„Ja," versetzte Morrel, „es ist wahr, ich komme so
eben aus einem Hause, in welches der Tod eingekehrt
war, um zu Ihnen zu eilen."

„Kommen Sie aus Herrn von Morcerfs Hause?"
fragte Monte=Christo.

Nein," antwortete Morrel, „ist Jemand bei Herrn
von Morcerf gestorben?"

„Der General hat sich eine Kugel durch den Kopf
gejagt," antwortete Monte=Christo kalt.

„O! das gräßliche Unglück!" rief Maximilian c...

„Nicht für die Gräfin, nicht für Albert," bem...

Monte=Chriſto; „ein todter Vater und Gatte iſt beſſer, als ein entehrter Vater und Gatte; das Blut wird die Schande abwaſchen.‟

„Die arme Gräfin!‟ äußerte Maximilian, „ſie be= dauere ich vorzüglich, eine ſo edle Frau!‟

„Bedauern Sie auch Albert, Maximilian, denn, glauben Sie mir, er iſt der würdige Sohn der Gräfin. Doch kommen wir auf Sie zurück; Sie eilten zu mir, ſagten Sie; ſollte ich das Glück haben, daß Sie mei= ner bedürften?‟

„Ja, ich bedarf Ihrer, das heißt: ich glaubte wie ein Verrückter, daß Sie in einer Lage mir helfen könn= ten, wo Gott allein mir helfen kann.‟

„Sprechen Sie immerhin!‟ ſagte Monte=Chriſto.

„O!‟ entgegnete Morrel, „ich weiß wahrhaftig nicht, ob es mir erlaubt iſt, ein ſolches Geheimniß menſchli= chen Ohren zu offenbaren; aber das Mißgeſchick drängt mich dazu, die Nothwendigkeit zwingt mich dazu, Graf...‟ Morrel hielt unſchlüſſig inne.

„Glauben Sie, daß ich Sie liebe?‟ fragte Monte= Chriſto, indem er die Hand des jungen Mannes liebe= voll in die ſeinigen nahm.

„O! ſehen Sie, Sie ermuthigen mich! Und dann ſagt mir auch etwas hier‟ ... Morrel legte die Hand auf ſein Herz ... „daß ich kein Geheimniß vor Ihnen haben ſoll.‟

„Sie haben Recht, Morrel, Gott ſpricht zu Ihrem Herzen, und Ihr Herz ſpricht zu Ihnen. Sagen Sie mir wieder, was Ihnen Ihr Herz ſagt.‟

„Graf, wollen Sie mir erlauben, Baptiſtin fortzu=

ſchicken, damit er ſich in Ihrem Namen nach dem Be=
finden einer Perſon erkundige, die Sie kennen?"

„Ich ſtellte mich Ihnen zur Verfügung, um ſo
mehr ſtelle ich meine Diener Ihnen zur Verfügung."

„O! es geſchieht, weil ich ſo lange nicht leben
werde, als ich nicht die Gewißheit erhalte, daß es beſſer
mit ihr geht."

„Soll ich Baptiſtin klingeln?"

„Nein, ich werde ſelbſt mit ihm ſprechen."

Morrel ging hinaus, rief Baptiſtin, und ſagte ihm
ganz leiſe einige Worte. Der Kammerdiener eilte ſo=
gleich fort.

„Nun denn, iſt's geſchehen?" fragte Monte=Chriſto,
als er Morrel wieder eintreten ſah.

„Ja, und ich werde ein wenig ruhiger ſeyn."

„Sie wiſſen, daß ich warte," ſagte Monte=Chriſto
lächelnd.

„Ja, und ich ſpreche. Hören Sie: eines Abends
befand ich mich in einem Garten; eine Baumgruppe
verbarg mich; Niemand vermuthete, daß ich da ſeyn
könnte. Zwei Perſonen kamen in meine Nähe; erlau=
ben Sie, daß ich einſtweilen ihre Namen verſchweige;
ſie ſprachen leiſe mit einander, und doch hatte ich ein
ſolches Intereſſe, ihre Worte zu hören, daß ich kein Wort
von dem verlor, was Sie ſprachen."

„Dieß kündigt ſich traurig an, nach Ihrer Bläſſe
und Ihrem Schauder zu ſchließen, Morrel."

„O ja! ſehr traurig, mein Freund! Jemand war
bei dem Beſitzer des Gartens geſtorben, in welchem ich
mich befand; die Eine von den beiden Perſonen, deren

Gespräch ich hörte, war der Besitzer dieses Gartens, und die Andere der Arzt. Nun aber vertraute der Erste dem Zweiten seine Besorgnisse und Leiden; denn es war das zweitemal seit einem Monate, daß der Tod rasch und unvermuthet in diesem Hause einkehrte, das man durch irgend einen Würgengel dem Zorne Gottes bezeichnet halten sollte."

„Ah! Ah!" sagte Monte=Christo mit einem starren Blicke auf den jungen Mann, und indem er durch eine unmerkbare Bewegung seinen Lehnstuhl auf solche Art wendete, daß er in den Schatten zu sitzen kam, und das Licht auf Maximilians Antlitz fiel.

„Ja," fuhr dieser fort, „der Tod war zweimal in einem Monate in diesem Hause eingekehrt."

„Und was antwortete der Doctor?" fragte Monte=Christo.

„Er antwortete ... er antwortete, daß dieser Tod nicht natürlich sey, und man ihn zuschreiben müsse ..."

„Wem?"

„Dem Gifte!"

„Wahrhaftig!" sagte Monte=Christo mit jenem leichten Husten, der ihm, in den Momenten höchster Gemüthsaufregung, dazu diente, seine Röthe, seine Blässe, oder selbst die Aufmerksamkeit zu verbergen, mit welcher er anhörte, „wahrhaftig, Maximilian, Sie haben solche Sachen da gehört?"

„Ja, lieber Graf, ich habe sie gehört, und der Doctor fügte bei, daß er, im Wiederholungsfalle eines solchen Ereignisses sich verpflichtet halten würde, sich deßhalb an das Gericht zu wenden."

Monte=Christo hörte mit der größten Ruhe an,
oder schien es zu thun.

„Wohlan," fuhr Maximilian fort, „der Tod raffte
zum drittenmale weg, und weder der Hausherr noch der
Doctor sagten etwas; der Tod wird vielleicht zum vier=
tenmale wegraffen. Graf, wozu verpflichtet mich, nach
Ihrer Meinung, die Kenntniß von diesem Geheimnisse?"

„Mein lieber Freund," antwortete Monte=Christo,
„Sie scheinen mir da ein Abenteuer zu erzählen, das
Jeder von uns auswendig weiß. Ich kenne das Haus,
worin Sie dieß hörten, oder ich kenne wenigstens ein
ähnliches; ein Haus, worin ein Garten ist, ein Fami=
lienvater, ein Doctor, ein Haus, worin drei seltsame
und unerwartete Todesfälle sich ereigneten. Nun denn,
schauen Sie mich an; mir ist nichts anvertraut worden,
und doch weiß ich all das eben so gut, wie Sie; hab'
ich Gewissensscrupel? Nein! Es geht mich nichts an.
Sie sagen, daß ein Würgengel dieses Haus dem Zorne
Gottes zu bezeichnen scheine; wohlan, wer sagte Ihnen,
daß Ihre Vermuthung nicht eine Wirklichkeit ist? Se=
hen Sie die Sache nicht, welche jene nicht sehen wol=
len, die ein Interesse daran haben, sie zu sehen. Waltet
die Gerechtigkeit und nicht der Zorn Gottes in diesem
Hause, Maximilian, so wenden Sie den Kopf ab, und
lassen Sie die Gerechtigkeit Gottes walten."

Morrel schauderte. Im Tone des Grafen lag etwas
Trauriges, und zugleich Feierliches und Schreckliches.

„Zudem," fuhr er mit einer so markirten Verän=
derung der Stimme fort, daß man hätte meinen mö=
gen, diese letzteren Worte habe nicht der Mund des

nämlichen Mannes gesprochen, „zudem, wer sagt Ihnen, daß dieß wieder beginnen werde?"

„Es beginnt wieder, Graf!" rief Morrel aus, „und dieß ist die Ursache, warum ich zu Ihnen eile."

„Nun denn, was soll ich nach Ihrer Meinung thun, Morrel? Wünschen Sie, daß ich den Herrn Staats-anwalt in Kenntniß setze?"

Monte=Christo sprach diese Worte mit solcher Deut-lichkeit, und mit einer so gemessenen Betonung aus, daß Morrel aufstehend plötzlich ausrief: „Graf! Graf! Sie wissen, von wem ich sprechen will, nicht wahr?"

„Ei, vollkommen, mein guter Freund, und ich will es Ihnen beweisen, indem ich die Puncte auf die i, oder vielmehr die Namen zu den Personen setze. Sie gingen eines Abends im Garten des Herrn von Ville-fort spazieren; nach dem zu schließen, was Sie mir sagten, vermuthe ich, daß es am Abende des Todes der Frau von Saint=Méran war. Sie hörten den Herrn von Villefort mit Herrn von Avrigny vom Tode des Herrn von Saint=Méran und von dem nicht geringeres Erstaunen erre-genden der Baronin sprechen. Herr von Avrigny sagte, daß er an eine Vergiftung, und selbst an zwei Vergiftungen glaube, und Sie, als ein vorzugsweise rechtlicher Mann, sind seit jenem Augenblicke beschäftiget, ihr Herz zu befragen, Ihr Gewissen zu erforschen, um zu erfahren, ob Sie dieses Geheimniß entdecken oder ob Sie schweigen sollen. Wir sind nicht mehr im Mittelalter, lieber Freund, und es gibt keine Vehmgerichte, keine Freischöppen mehr; was Teufels wollen Sie mit diesen Leuten treiben? Gewiſſen, was willſt du von mir? wie Sterne ſagt. Ei, laſſen Sie ſie ſchlafen, wenn ſie ſchlafen; laſſen Sie ſie in ihren Schlafloſigkeiten erbleichen, wenn ſie Schlaf= loſigkeiten haben, und um Gottes willen, ſchlafen Sie, der Sie keine Gewiſſensbiſſe haben, die Sie zu ſchlafen verhindern."

Ein furchtbarer Schmerz prägte ſich in Morrels Zü= gen aus; er faßte Monte=Chriſto's Hand. „Aber es beginnt wieder, ſag' ich Ihnen."

„Wohlan," erwiederte der Graf, über dieſe Beharr= lichkeit erſtaunt, die er nicht begriff, und Maximilian aufmerkſamer anſchauend, „laſſen Sie es wieder begin= nen; es iſt eine Atridenfamilie *), Gott hat ſie verur= theilt, und das Urtheil wird an ihnen vollzogen werden; ſie Alle werden verſchwinden, wie jene Mönche, welche die Kinder aus gebogenen Karten machen, und die, einer nach dem andern, unter dem Hauche ihres Verfertigers zuſammenfallen, wären ihrer auch zweihundert. So gings vor drei Monaten dem Herrn von Saint=Méran; ſo gings vor zwei Monaten der Frau von Saint=Méran; ſo gings neulich Barrois; heute geht's ſo Noirtier oder der jungen Valentine."

„Sie wußten es?" rief Morrel in einem ſolchen

*) Von Atreus, König zu Mycene, welcher die Söhne von Thyeſt, dem Buhlen ſeiner Gemahlin Derope, ihr Fleiſch kochen, und dem Thyeſt auftiſchen ließ. Als er ſchon ziemlich viel davon genoſſen hatte, wurden auch die Köpfe aufgetragen, bei welchem Gräuel die Sonne ſich ſoll verfinſtert haben.
                                        D. Ueberſ.

Paroxysmus von Schrecken aus, daß Monte-Christo
bebte, er, den der Einsturz des Himmels nicht aus seiner Ruhe gebracht hätte; „Sie wußten es, und sagten nichts?"

„Ei, was geht's mich an!" antwortete Monte-
Christo, die Achseln zuckend, „kenne ich diese Leute, und
muß ich den Einen in's Verderben stürzen, um den Andern zu retten? Meiner Treue, nein, denn zwischen
dem Strafbaren und dem Opfer hege ich keine Vorliebe."

„Aber ich, ich," rief Morrel vor Schmerz stöhnend
aus, „ich liebe sie!"

„Wen lieben Sie?" fragte Monte-Christo aufsprin-
gend, und die beiden Hände ergreifend, welche Morrel
zum Himmel rang.

„Ich liebe gränzenlos, ich liebe wahnsinnig, ich liebe
wie ein Mann, der all sein Blut hingäbe, um ihr eine
Thräne zu ersparen, ich liebe Valentine von Villefort,
die man in diesem Augenblick ermordet, hören Sie wohl,
ich liebe dieselbe, und frage Gott und Sie, wie ich sie
retten kann!"

Monte-Christo stieß einen wilden Schrei aus, von
dem nur jene eine Idee sich machen können, welche das
Brüllen des verwundeten Löwen gehört haben. „Unglücklicher!" rief er aus, indem er ebenfalls die Hände
rang, „Unglücklicher, Du liebst Valentine, Du liebst diese
Tochter aus einem verfluchten Geschlechte!"

Nie hatte Morrel einen ähnlichen Ausdruck gesehen,
nie ein so schreckliches Auge vor seinem Antlitze geflammt,
nie der Geist des Schreckens, der ihm auf den Schlacht-
feldern und in den mörderischen Nächten Algeriens so

3*

oft erschien, mit düstereren Flammen ihn umsprühet. Er=
schrocken fuhr er zurück. Monte=Christo schloß nach die=
ser Aufwallung und nach diesem Ausbruche, einen Augen=
blick die Augen, wie von inneren Blitzen geblendet, wäh=
rend dieses Momentes sammelte er sich so wirksam, daß
man nach und nach die wogende Bewegung seiner sturm=
geschwellten Brust nachlassen sah, wie man nach dem
Gewitter die stürmischen und schäumenden Wogen unter
den Strahlen der Sonne zerrinnen sieht. Dieses Schwei=
gen, diese Sammlung des Gemüthes, dieser Kampf, dauer=
ten etwa zwanzig Secunden. Dann hob der Graf seine
erblaßte Stirne empor. „Sehen Sie," sprach er mit
kaum veränderter Stimme, „sehen Sie, lieber Freund,
wie Gott die Menschen wegen ihrer Gleichgültigkeit zu
bestrafen weiß, die am meisten prahlerisch und kalt bei
den furchtbaren Scenen bleiben, die er ihnen vorführt,
ich, der ich unempfindsam und neugierig dem Ausgange
dieses jammervollen Trauerspieles zusah; ich, der ich,
gleich einem bösen Engel, über das Böse lachte, das die
Menschen begehen, hinter dem Geheimnisse verschanzt...
und Reiche und Mächtige können das Geheimniß leicht
bewahren ... ich fühle mich nun ebenfalls von jener
Schlange gebissen, deren Gang voll Windungen ich be=
obachtete, und zwar in's Herz gebissen!"

Morrel stieß ein dumpfes Stöhnen aus.

„Nun, nun," fuhr der Graf fort, „genug der Klagen,
seyen Sie ein Mann, seyen Sie stark, seyen Sie voll
Hoffnung, denn ich bin da, denn ich wache über Sie."

Morrel schüttelte traurig den Kopf.

„Ich sage Ihnen, Sie sollen hoffen, verstehen Sie

mich?" rief Monte-Christo aus. „Bedenken Sie ja, daß ich nie lüge, daß ich nie mich täusche. Es ist Mittag, Maximilian; danken Sie dem Himmel, daß Sie Mittags gekommen sind, anstatt heute Abend, anstatt morgen Früh zu kommen. Hören Sie also, was ich Ihnen sage, Morrel: es ist Mittag; wenn Valentine zu dieser Stunde nicht todt ist, wird sie nicht sterben."

„O! mein Gott! mein Gott!" rief Morrel aus, „sie war am Sterben, als ich sie verließ!"

Monte = Christo legte eine Hand auf seine Stirne.

„Was geht in diesem Kopfe vor, der so schwer ist von furchtbaren Geheimnissen? Was sagt zu diesem un= versöhnlichen und zugleich menschenfreundlichen Geiste, der Engel des Lichtes oder der Engel der Finsterniß? Gott allein weiß es!"

Noch einmal hob Monte-Christo die Stirne empor, und dießmal war er ruhig, wie ein erwachendes Kind. „Maximilian," sagte er, „kehren Sie ruhig nach Hause zurück, ich empfehle Ihnen, keinen Schritt zu machen, nichts zu unternehmen, in Ihrem Gesichte keinen Schatten von Besorgniß zu zeigen, ich werde Ihnen Nachricht geben, gehen Sie!"

„Mein Gott! mein Gott!" erwiederte Morrel, „Sie erschrecken mich mit dieser Kaltblütigkeit, Graf. Vermögen Sie denn etwas gegen den Tod? Sind Sie mehr, als ein Mensch? Sind Sie ein Engel? Sind Sie ein Gott?"

Und der junge Mann, der nie vor einer Gefahr auch nur um einen Schritt zurück wich, fuhr vor Monte= Christo zurück, von einem unaussprechlichen Schrecken erfaßt. Aber Monte = Christo schaute ihn mit einem so melancholischen und zugleich so sanften Lächeln an, daß Maximilian die Thränen aus seinen Augen brechen fühlte. „Ich vermag viel, mein Freund,“ antwortete der Graf. „Gehen Sie, ich fühle das Bedürfniß, allein zu seyn.“

Morrel, unter die wunderbare Gewalt sich beugend, die Monte-Christo über Alles ausübte, was ihn umgab, machte nicht einmal einen Versuch, sich ihr zu entziehen. Er drückte dem Grafen die Hand, und ging fort. Nur blieb er vor der Thüre stehen, um Baptistin zu erwarten, den er an der Ecke der Straße Matignon erscheinen sah, und der eilig zurückkehrte.

Indessen hatten Villefort und von Avrigny sich beeilt. Bei ihrer Ankunft war Valentine noch ohnmächtig, und der Arzt beobachtete die Kranke mit der von der Lage gebotenen Sorgfalt, und mit einer durch die Kenntniß vom Geheimnisse verdoppelten Gründlichkeit. Villefort erwartete, an seinem Blicke und an seinen Lippen hangend, den Erfolg der Beobachtung. Noirtier, blässer als das junge Mädchen, nach einem Entscheide gieriger, als Villefort selbst, wartete ebenfalls, und Alles an ihm zeigte Intelligenz und theilnehmendes Gefühl. Endlich ließ von Avrigny langsam die Worte entschlüpfen: „Sie lebt noch.“

„Noch?“ rief Villefort aus; „o! Doctor, welch' ein schreckliches Wort sprachen Sie da?“

„Ja,“ antwortete der Arzt, „ich wiederhole meine Aeußerung: „sie lebt noch, und ich bin darüber sehr erstaunt.“

„Ist sie aber gerettet?“ fragte der Vater.

„Ja, weil sie lebt.“

In diesem Momente fiel von Avrigny's Blick auf Noirtier's Auge. Es funkelte von einer so außerordentlichen Freude, von einem so reichen und fruchtbaren Gedanken, daß es dem Arzte auffiel. Er ließ in den Lehnstuhl das junge Mädchen zurücksinken, dessen Lippen im Gegenhalte zu den übrigen Theilen des Antlitzes, kaum sichtbar wurden, so blaß und weiß waren sie, blieb unbeweglich stehen, und schaute Noirtier an, der jede Regung des Doctors auffaßte und deutete.

„Mein Herr," sagte dann von Avrigny zu Villefort „rufen Sie gefälligst der Zofe des Fräuleins Valentine."

„Villefort verließ den Kopf seiner Tochter, den er stützte, und eilte fort, um der Zofe selbst zu rufen. So wie Villefort die Thüre wieder zugemacht hatte, näherte sich von Avrigny Noirtier. „Sie haben mir etwas zu sagen?" fragte er.

Der Greis blinzelte ausdrucksvoll mit den Augen; dieß war, wie man sich erinnert, das einzige bejahende Zeichen, das er geben konnte.

„Mir allein?"

„Ja," winkte Noirtier.

„Gut, ich werde bei Ihnen bleiben."

In diesem Augenblicke kam Villefort zurück, von der Zofe gefolgt; hinter der Zofe ging Frau von Villefort. „Was fehlt denn diesem lieben Kinde?" rief sie aus; „sie ging von mir weg, und beklagte sich zwar über Unwohlseyn, ich hielt es aber nicht für ernstlich."

Und die junge Frau näherte sich, mit Thränen in den Augen, und mit allen Zeichen der Liebe einer wahren Mutter, Valentinen, deren Hand sie faßte. Von

Avrigny fuhr fort, Noirtier anzuschauen; er sah die Augen des Greises glotzen, seine Wangen erbleichen und zittern; der Schweiß perlete auf seiner Stirne.

„Ah!" sagte er unwillkürlich, der Richtung von Noirtier's Blicke folgend, das heißt, seine Augen auf Frau von Villefort heftend, welche wiederholte: „Das arme Kind wird sich besser in seinem Bette befinden. Kommen Sie, Fanny, wir wollen es zu Bette bringen."

Herr von Avrigny, der in diesem Vorschlage ein Mittel sah, allein bei Noirtier zu bleiben, gab mit dem Kopfe ein Zeichen, daß man wirklich nichts Besseres thun könne, verbot aber, daß sie irgend etwas anderes genieße, als was er anordnen würde. Man brachte Valentine fort, die wieder zu sich gekommen, aber un= fähig war, zu handeln und fast unvermögend zu sprechen, so sehr waren ihre Glieder von der empfundenen Er= schütterung entkräftet. Sie besaß jedoch die Kraft, mit einem Blicke ihren Großvater zu grüßen, dem man durch ihr Fortbringen die Seele zu entreißen schien. Von Avrigny folgte der Kranken, traf seine Anordnungen, rieth Villefort, ein Cabriolet zu nehmen, persönlich in die Apotheke zu fahren, und dort die verordneten Tränk= chen bereiten zu lassen, selbst sie mitzubringen, und ihn im Zimmer seiner Tochter zu erwarten. Nach erneuer= ter Einschärfung, Valentine nichts genießen zu lassen, ging er dann wieder zu Noirtier hinab, verschloß sorg= fältig die Thüre und fragte, nach gewonnener Ueberzeu= gung, daß Niemand horche: „Nun, wissen Sie etwas in Betreff der Krankheit ihrer Enkelin?"

„Ja," winkte der Greis.

„Hören Sie, wir haben keine Zeit zu verlieren; ich
werde Sie fragen, und Sie werden mir antworten."

Noirtier erwiederte durch ein Zeichen, daß er zu ant=
worten bereit sey.

„Sahen Sie den Unfall vorher, welcher heute Va=
lentinen begegnete?"

„Ja."

Von Avrigny sann einen Augenblick nach, dann näh=
erte er sich Noirtier, und fügte bei: „Verzeihen Sie
mir, was ich Ihnen sagen werde, aber in der schreck=
lichen Lage, worin wir uns befinden, darf kein Anzei=
chen vernachläßiget werden. Sie sahen den armen Bar=
rois sterben?"

Noirtier schlug die Augen zum Himmel auf.

„Wissen Sie, woran er starb?" fragte von Avrigny,
die Hand auf Noirtier's Schulter legend.

„Ja," antwortete der Greis.

„Glauben Sie, daß sein Tod natürlich war?"

Eine Art von Lächeln zuckte über Noirtier's stumme
Lippen.

„Sie geriethen also auf den Gedanken, daß Barrois
vergiftet wurde?"

„Ja."

„Glauben Sie, daß das Gift, dessen Opfer er wurde,
für ihn bestimmt war?"

„Nein."

„Glauben Sie nun, daß die nämliche Hand, welche
Barrois traf, indem sie einen Andern treffen wollte, heute
Valentine traf."

„Ja."

„Auch sie wird also unterliegen?..." fragte von Avrigny, seinen forschenden Blick auf Noirtier heftend. Und er wartete die Wirkung dieser Aeußerung auf den Greis ab.

„Nein," antwortete er mit einer Miene des Triumphes, die alle Vermuthungen des geschicktesten Wahrsagers hätte vereiteln können.

„Sie hoffen also?" fragte von Avrigny erstaunt.

„Ja."

„Was hoffen Sie?"

Der Greis gab mit den Augen zu verstehen, daß er nicht antworten könne.

„Ah! ja, es ist wahr," murmelte von Avrigny. Dann sagte er zu Noirtier: „Sie hoffen, daß der Mörder ermüden werde."

„Nein."

„Dann hoffen Sie, das Gift werde keine Wirkung auf Valentine machen?"

„Ja."

„Denn ich sage Ihnen nichts Neues, nicht wahr," fügte von Avrigny bei, „wenn ich Ihnen bemerke, daß man sie zu vergiften versuchte?"

Der Greis antwortete durch ein Zeichen, daß er hieran gar nicht zweifle.

„Sie hoffen also, daß Valentine davon kommen wird?"

Noirtier schaute beharrlich nach einer bestimmten Richtung hin; von Avrigny folgte dieser mit seinen Augen, und sah, daß die Blicke des Greises auf eine Flasche sich hefteten, die das Tränkchen enthielt, welches man ihm alle Morgen brachte.

„Ah, ah!" sagte von Avrigny, von einer plötzlichen
Idee ergriffen, „sollten Sie auf den Einfall gerathen
seyn . . ."

Noirtier ließ ihn nicht ausreden. — „Ja," er=
wiederte er.

„Sie gegen das Gift zu sichern . . ."

„Ja."

„Sie nach und nach daran gewöhnend . . ."

„Ja, ja, ja," versetzte Noirtier, entzückt, verstanden
zu werden.

„Sie hörten mich wirklich äußern, daß Brucin in
die Tränkchen komme, die ich Ihnen verordne?"

„Ja."

„Und sie an dieses Gift gewöhnend, wollten Sie die
Wirkungen eines ähnlichen Giftes neutralisiren?"

Noirtier zeigte die nämliche triumphirende Freude.

„Und es ist Ihnen in der That gelungen," rief von
Avrigny aus. „Ohne diese Vorsichtsmaßregel war Va=
lentine heute getödtet, getödtet ohne mögliche Hülfe, ge=
tödtet ohne Erbarmen; der Stoß war heftig; aber sie
wurde nur erschüttert, und dießmal wenigstens wird Va=
lentine nicht sterben."

Eine übermenschliche Freude erheiterte die Augen des
Greises, der sie mit einem Ausdrucke unendlicher Dank=
barkeit zum Himmel aufschlug. In diesem Momente
trat Villefort wieder ein. „Sehen Sie, Doctor," sagte
er, „hier ist, was Sie verlangten."

„Ist dieses Tränkchen in Ihrer Gegenwart bereitet
worden?"

„Ja," antwortete der Staatsanwalt.

„Ist es nicht aus Ihren Händen gekommen?"

„Nein."

Von Avrigny nahm die Flasche, goß einige Tropfen
der Flüßigkeit, die sie enthielt, in seine hohle Hand, und
schlürfte sie. „Gut," sagte er, „gehen wir zu Valentinen hinauf; ich werde dort Jedermann meine Verhalts-
Befehle ertheilen, und Sie werden persönlich darüber
wachen, Herr von Villefort, daß Niemand davon abgehe."

In dem Momente, da von Avrigny, von Villefort
begleitet, wieder in Valentinens Zimmer ging, miethete
ein italienischer Priester von ernstem Gange, ruhigen
und bemessenen Worten, zu seinem Gebrauche das Haus,
welches an das von Herrn von Villefort bewohnte Hôtel
stieß. Man konnte nicht erfahren, in Folge welcher Ver-
handlung die drei Miethparteien dieses Hauses zwei Stunden nachher auszogen: aber das Gerücht war im Quartiere allgemein im Umlaufe, daß das Haus nicht sicher
genug auf seinen Grundfesten ruhe, und den Einsturz
drohe, was den neuen Miethmann nicht abhielt, es noch
am nämlichen Tage, gegen fünf Uhr, mit seinem beschei-
denen Mobiliar zu beziehen. Dieser Pacht wurde auf
drei, sechs oder neun Jahre von dem neuen Miethmanne
geschlossen, welcher nach der von den Eigenthümern ein-
geführten Gewohnheit sechs Monate vorausbezahlte; dieser neue Miethsmann, der, wie erwähnt, ein Italiener
war, hieß Signor Giacomo Busoni. Alsogleich wurden
Arbeiter herbeigerufen, und noch in der nämlichen Nacht
sahen die spärlichen Spätlinge, welche oben in der Vorstadt
vorübergingen, mit Erstaunen die Zimmerleute und Maurer
beschäftiget, das wankende Haus frisch zu untermauern.

Der Vater und die Tochter.

Wir sahen im vorigen Kapitel Madame Danglars zu Frau von Villefort kommen, um ihr die nahe Vermählung des Fräuleins Eugenie Danglars mit dem Herrn Andrea Cavalcanti officiell anzukünden. Dieser officiellen Ankündung, welche einen von allen bei dieser großen Angelegenheit Betheiligten gefaßten Entschluß andeutete, oder anzudeuten schien, war jedoch eine Scene vorausgegangen, über welche wir unsern Lesern Rechenschaft schuldig sind. Wir müssen sie also bitten, einen Schritt rückwärts zu thun, und sich gerade am Morgen jenes Tages großer Catastrophen, in den schönen, so prunkvollen Salon zu versetzen, mit dem wir sie bekannt machten, und auf den sein Eigenthümer, der Herr Baron Danglars, so stolz war. Wirklich spazierte in diesem Salon gegen zehn Uhr Morgens seit einigen Minuten, ganz gedankenvoll und sichtbar unruhig, der Banquier in eigener Person, schaute nach jeder Thüre, und blieb bei jedem Geräusche stehen. Nach Erschöpfung der Summe seiner Geduld, rief er dem Kammerdiener. „Etienne,“ sagte er zu ihm, „sehen Sie doch, warum Fräulein Eugenie mich gebeten hat, ihrer im Salon zu harren, und erkundigen Sie sich, warum sie mich so lange darin warten läßt.“

Nach dieser Entladung übler Laune wurde der Baron wieder ein wenig ruhiger. In der That hatte das Fräulein Danglars nach ihrem Erwachen ihren Vater um eine Audienz ersuchen lassen, und den reichen Salon als den Ort dieser Audienz bezeichnet. Das Seltsame dieses

Schrittes, vorzüglich sein officieller Charakter, überraschte den Banquier ungewöhnlich, der alsogleich dem Wunsche seiner Tochter entsprach, indem er vor ihr in den Salon sich begab.

Etienne kam bald von seiner Sendung zurück. „Die Zofe des Fräuleins," sagte er, „bemerkte mir, daß das Fräulein seine Toilette beendige, und nicht säumen werde, zu kommen."

Danglars machte ein Zeichen mit dem Kopfe, andeutend, daß er zufrieden sey. Danglars affectirte, der Welt und selbst seinen Leuten gegenüber, den gutmüthigen Mann und den schwachen Vater; dieß war eine Seite der Rolle, die er sich in der populären Comödie, die er spielte, zugetheilt hatte; dieß war eine angenommene Physiognomie, die ihm anpassend schien, wie es den Profilen auf der rechten Seite der Vätermasken des antiken Theaters zusagte, eine aufgestülpte und lachende Lippe zu haben, während auf der linken Seite die Lippe herabhangend und weinerlich war. Beeilen wir uns, zu sagen, daß im vertraulichen Umgange die aufgestülpte und lachende Lippe zum Niveau der hangenden und weinerlichen Lippe herabsank, so daß meistentheils der gutmüthige Mann verschwand, um dem brutalen Gatten und absoluten Vater Platz zu machen. „Warum, zum Teufel, kommt diese Närrin, die mit mir sprechen will, wie sie behauptet," murmelte Danglars, „nicht einfach in mein Cabinet, und vorzüglich, warum will sie mit mir sprechen?" Zum zwanzigstenmale wälzte er diesen beunruhigenden Gedanken in seinem Kopfe herum, als die Thüre aufging und Eugenie erschien, angethan mit

einem Kleide von schwarzem Atlaß, broschirt mit glanz-
losen Blumen von der nämlichen Farbe, in bloßen Haaren
aufgesetzt und behandschuht, als hätte es sich darum
gehandelt, sich in ihren guten Lehnstuhl im italienischen
Theater zu setzen.

„Wohlan, Eugenie, was giebt es denn?" rief der
Vater aus, „und wozu der feierliche Salon, während
man sich in meinem Cabinete so behaglich fühlt?"

„Sie haben vollkommen Recht, mein Herr, antwortete Eugenie, indem sie ihrem Vater ein Zeichen gab,
daß er sich setzen könne, „und Sie stellen da eben zwei
Fragen, die zum voraus die ganze Unterredung in sich
fassen, welche wir pflegen werden. Ich will also auf
beide antworten, und, gegen die Gesetze der Gewohnheit,
zunächst auf die zweite, als die minder zusammengesetzte.
Ich wählte den Salon zum Rendez-vous, mein Herr,
um die widrigen Eindrücke und die Einwirkungen des
Cabinetes eines Banquier zu vermeiden. Diese Kassen-
bücher, so goldstarrend sie seyn mögen, diese wie Festungs-
thore verschlossenen Schubladen, diese Massen von Banknoten, welche kommen, man weiß nicht woher, und
diese Menge von Briefen, die aus England, Holland,
Spanien, Indien, China und Peru einlaufen, wirken
im Allgemeinen wunderlich auf den Geist eines Vaters,
und machen ihn vergessen, daß es ein größeres und
heiligeres Interesse auf der Welt giebt, als jenes der
socialen Stellung und der Meinung seiner Committenten:
ich wählte also diesen Salon, worin Sie, lächelnd und
glücklich, in ihren prächtigen Rahmen Ihr Porträt sehen,
das meinige, jenes meiner Mutter, und alle Arten von

rührenden Hirten = und Schäferlandschaften. Ich setzte
ein großes Vertrauen auf die Macht äußerer Eindrücke;
vielleicht ist dieß, vorzüglich Ihnen gegenüber, ein Irr=
thum; aber was wollen Sie? Ich wäre keine Künst=
lerin, wenn mir nicht einige Täuschungen blieben.“

„Sehr gut,“ antwortete Danglars, der die Tirade
mit einer unstörbaren Kaltblütigkeit angehört hatte, aber
ohne ein Wort davon zu verstehen, da er, wie jeder
Mann voll von Hinterhaltsgedanken, lediglich damit be=
schäftiget war, den Faden seiner eigenen Idee in den
Ideen der mitsprechenden Person zu suchen.

„So ist denn der zweite Punkt beleuchtet, oder bei=
nahe,“ sagte Eugenie ohne die mindeste Verwirrung, und
mit jener ganz männlichen Zuversicht, welche ihre Ge=
berde und ihre Worte charakterisirte, „und Sie scheinen
mir durch die Erklärung befriediget. Kommen wir jetzt
auf den ersten zurück: Sie fragten mich, warum ich
diese Audienz nachsuchte; ich will es Ihnen mit wenigen
Worten sagen, mein Herr: Ich will den Herrn Grafen
Andrea Cavalcanti nicht heirathen.“

Danglars machte einen Satz auf seinem Lehnstuhle,
und hob durch die Erschütterung die Augen und Arme
zugleich zum Himmel empor.

„Mein Gott, ja, mein Herr,“ fuhr Eugenie fort,
immer gleich ruhig; „Sie sind erstaunt, ich sehe es wohl,
denn seitdem diese ganze kleine Angelegenheit im Gange
ist, bethätigte ich nicht die geringste Opposition, ent=
schlossen, wie ich es immer bin, zur rechten Zeit den
Leuten, die mich nicht fragten, und den Dingen, die
mir mißfallen, einen offenen und unbedingten Willen

freimüthig entgegen zu stellen. Dießmal jedoch floß diese
Ruhe, diese Paſſtvität, wie die Philoſophen ſagen, aus
einer andern Quelle; ſie rührte von dem Umſtande her,
daß ich als eine unterwürfige und ergebene Tochter..."
ein leichtes Lächeln zuckte über die purpurrothen Lippen
des jungen Mädchens... „einen Verſuch mit dem Ge-
horſame machte."

„Wohlan?" fragte Danglars.

„Wohlan, mein Herr," verſetzte Eugenie, „ich trieb
den Verſuch, ſo weit meine Kräfte reichten, und jetzt,
da der Moment gekommen iſt, fühle ich mich, ungeachtet
aller Anſtrengungen zur Selbſtüberwindung, unfähig, zu
gehorchen."

Danglars, der, als ein untergeordneter Geiſt, an-
fangs von dem Gewichte dieſer unbarmherzigen Logik
niedergedrückt war, deren Phlegma ſo viel Vorbedacht
und Willenskraft verrieth, fragte: „Aber der Grund
von dieſer Weigerung, Eugenie, der Grund?"

„Der Grund?" erwiederte das junge Mädchen, „o!
mein Gott! Nicht als ob der Mann häßlicher, dümmer
oder unangenehmer wäre, als ein Anderer; nein; Herr
Andrea Cavalcanti kann ſelbſt bei jenen, welche die
Männer nach dem Geſichte und nach der Geſtalt beurtheilen, für ein ziemlich ſchönes Modell gelten; auch
nicht, weil mein Herz von dieſem minder gerührt iſt,
als von jedem Andern, dieß wäre ein Koſtſchüleringrund,
den ich völlig unter meiner Würde erachte: ich liebe
ſchlechterdings Niemand, mein Herr, Sie wiſſen es wohl,
nicht wahr? Ich ſehe alſo nicht ein, warum ich, ohne
unbedingte Nothwendigkeit, meinem Leben einen ewigen

3**

Gefährten aufbürden sollte. „Hat nicht der Weise ir=
gendwo gesagt: „Nicht zu viel;" und anderswo:
„Trag Alles bei Dir?" Man hat mich sogar
diese beiden Aphorismen in lateinischer und griechischer
Sprache gelehrt; der Eine ist, glaub ich, von Phädeus,
und der Andere von Bias. Wohlan, mein lieber Vater,
im Schiffbruche des Lebens, denn das Leben ist der
ewige Schiffbruch unserer Hoffnungen, werfe ich mein
unnützes Gepäck in's Meer, weiter nichts, und handle
nach meinem Willen, geneigt, vollkommen allein zu leben,
und folglich vollkommen frei."

„Unglückliche! Unglückliche!" murmelte Danglars,
erblassend, denn er kannte aus langer Erfahrung die
Festigkeit des Hindernisses, auf das er so plötzlich stieß.

„Unglückliche!" entgegnete Eugenie, „Unglückliche!
sagen Sie, mein Herr? Nein, wahrhaftig, und der
Ausruf scheint mir völlig theateralisch und affectirt. Glück=
lich, im Gegentheile, denn ich frage Sie, was fehlt
mir? Die Welt findet mich schön, das ist etwas, um
günstig aufgenommen zu werden. Ich liebe eine gute
Aufnahme; sie erheitert die Gesichter, und jene, die mich
umgeben, scheinen mir dann viel weniger häßlich. Ich
bin mit einigem Geiste und mit einer gewissen beziehungs=
weisen Empfindbarkeit begabt, die mir gestattet, aus der
allgemeinen Existenz, um sie in die meinige zu übertra=
gen, das zu schöpfen, was ich Gutes darin finde, wie
es der Affe macht, der die grüne Nuß zerbricht, um
herauszunehmen, was sie enthält; ich bin reich, denn
Sie besitzen eines von den schönen Vermögen Frankreichs,
auch bin ich Ihre einzige Tochter, und Sie sind nicht

in solchem Grade hartnäckig, wie die Väter der Porte=
Saint=Martin *) und der Gaité **), die ihre Töchter
enterben, weil sie ihnen keine Enkel geben wollen. Zu=
dem hat Ihnen das fürsorgende Gesetz das Recht ent=
zogen, mich zu enterben, wenigstens ganz, wie es Ihnen
die Macht entzogen hat, mich zu zwingen, diesen oder
jenen Herrn zu heirathen. Also: schön, geistvoll, mit
einigem Talente geschmückt, wie man in den komischen
Opern sagt, und reich? Dieß ist ja das Glück, mein
Herr; warum nennen Sie mich also unglücklich?"

Als Danglars seine Tochter bis zur Insolenz lächelnd
und stolz sah, konnte er eine Brutalitätsregung nicht
unterdrücken, die sich durch eine laut schallende Stimme
kund gab; dieß war aber das Einzige. Vor dem fra=
genden Blicke seiner Tochter, diesen schönen, schwarzen,
durch die Frage gerunzelten Augenbrauen gegenüber, kehrte
er sich klüglich um, und beruhigte sich alsogleich, durch
die eiserne Hand der Behutsamkeit gebändiget.

„Wirklich, meine Tochter," antwortete er mit einem
Lächeln, „sind Sie all das, was zu seyn Sie sich rüh=
men, eine einzige Sache ausgenommen, meine Tochter;
ich will sie Ihnen nicht allzu barsch nennen; es ist mir
lieber, sie von Ihnen errathen zu lassen."

Eugenie schaute Danglars an, sehr erstaunt, daß
man ihr eines von den Blumenwerken der Hochmuths=
krone bestreite, die sie so eben so stolz auf ihr Haupt
gesetzt hatte."

---

*) u. **) Zwei Theater in Paris.

„Meine Tochter," fuhr der Banquier fort, „Sie ha=
ben mir vollkommen erklärt, welche Gefühle es waren,
die bei den Entschlüssen einer Tochter, wie Sie, den Vor=
sitz führten, als sie beschloß, nicht zu heirathen, nun ist's
an mir, Ihnen zu sagen, wie die Gründe eines Vaters,
wie ich, lauten, wenn er beschlossen hat, daß seine Toch=
ter heirathen solle."

Eugenie verneigte sich, nicht wie eine unterwürfige
Tochter, welche anhört, sondern wie ein zum Erörtern
bereiter Gegner, welcher wartet.

„Meine Tochter," sprach Danglars weiter, „wenn
ein Vater von seiner Tochter verlangt, einen Gatten zu
nehmen, hat er immer irgend einen Grund, um ihre
Vermählung zu wünschen. Die Einen sind von der
Sucht befallen, die Sie so eben erst bezeichneten, näm=
lich: in ihren Enkeln sich wieder aufleben zu sehen.
Ich besitze diese Schwachheit nicht, ich beginne damit,
Ihnen zu sagen: daß mir die Familienfreuden beinahe
gleichgültig sind. Ich darf dieß einer Tochter gestehen,
die ich als philosophisch genug kenne, um diese Gleich=
gültigkeit zu begreifen, und mir kein Verbrechen daraus
zu machen."

„Dieß laß ich mir gefallen," erwiederte Eugenie;
„sprechen wir offen, mein Herr, ich liebe dieß."

„O!" versetzte Danglars, „Sie sehen, daß ich, ohne
Ihre Sympathie für die Offenheit unbedingt zu theilen,
derselben huldige, wenn ich glaube, daß die Lage mich
dazu auffordert. Ich werde also fortfahren. Ich hab'
Ihnen einen Gatten vorgeschlagen, nicht für Sie, denn
ich dachte in diesem Momente wahrhaftig nicht im Min=

beſten von der Welt an Sie; Sie lieben die Freimü=
thigkeit, da iſt ſie, hoff' ich, ... ſondern weil es mir
nothwendig ſchien, daß Sie dieſen Gatten ſo bald als
möglich nehmen ſollten, und zwar wegen gewiſſer com=
merzieller Combinationen, die ich ſo eben zu entwerfen
im Begriffe bin.“

Eugenie machte eine Bewegung.

„Es iſt ſo, wie ich die Ehre habe, Ihnen zu ſagen,
meine Tochter, und Sie müſſen mir deßhalb nicht zür=
nen, denn Sie zwingen mich dazu; wider meinen Wil=
len, wie Sie wohl begreifen, geh' ich auf dieſe arithme=
metiſchen Erklärungen mit einer Künſtlerin ein, wie Sie,
die nicht in das Cabinet eines Banquier treten will, aus
Beſorgniß, darin ... auch dieß ſagen die Philoſophen ...
unangenehme und antipoetiſche Eindrücke oder Empfin=
dungen zu erhalten. Aber in dieſem Banquiercabinete,
in welches Sie jedoch vorgeſtern gerne treten mochten,
um die tauſend Francs zu verlangen, die ich Ihnen mo=
natlich für Ihre Gelüſte bewillige, wiſſen Sie, mein lie=
bes Fräulein, lernt man viele Dinge, ſelbſt zum Ge=
brauche junger Perſonen, die nicht heirathen wollen. —
Man lernt darin, zum Beiſpiele, und aus Rückſicht für
Ihre nervöſe Empfindlichkeit werde ich es Sie in dieſem
Salon lehren, daß der Credit eines Banquiees ſein
phyſiſches und moraliſches Leben iſt, daß der Credit den
Mann aufrecht hält, wie der Athem den Leib belebt,
und Herr von Monte=Chriſto hielt mir einſt hierüber eine
Rede, die ich nie vergeſſe. Man lernt darin, daß in
dem Maße, als der Credit ſich zurückzieht, der Leib zu
einer Leiche erſtarrt, und daß dieß in ſehr kurzer Zeit

einem Banquier begegnen muß, der sich beehrt, der Va=
ter einer Tochter zu seyn, die eine so gute Logikerin ist."

Doch Eugenie, anstatt sich zu bücken, richtete sich
plötzlich auf. „Ruinirt!" sagte sie.

„Sie haben den rechten Ausdruck gefunden, meine
Tochter, den guten Ausdruck," sagte Danglars, mit sei=
nen Nägeln in seiner Brust wühlend, fortwährend in
seinem harten Gesichte das Lächeln des Mannes ohne
Herz, aber nicht ohne Verstand, bewahrend; „ruinirt!
so ist's."

„Ah!" rief Eugenie.

„Ja, ruinirt! Wohlan, da wissen Sie nun das
schreckenvolle Geheimniß, wie der tragische Dichter sagt.
Vernehmen Sie nun aus meinem Munde, meine Toch=
ter, wie durch Sie dieses Unglück geringer werden kann,
ich sage nicht: für mich, sondern für Sie."

„O!" rief Eugenie aus, „Sie sind ein schlechter
Physiognomiker, mein Herr, wenn Sie sich einbilden,
daß ich meinetwegen die Catastrophe bedauere, die Sie
mir schildern. Ich . . . ruinirt! Und was ist mir daran
gelegen? Bleibt mir nicht mein Talent? Kann ich
nicht wie Pasta, wie Malibran, wie Grisi, mir das er=
werben, was Sie mir nie gegeben hätten, wie groß auch
Ihr Vermögen wäre, eine Rente von hundert oder hun=
dertfünfzigtausend Livres, die ich nur mir verdanken werde,
und die, anstatt sie zu erhalten, wie jene armseligen
zwölftausend Francs, welche Sie mir mit mürrischen
Blicken und mit Worten des Vorwurfes hinsichtlich mei=
ner Verschwendung gaben, von jubelndem Zurufe, von
Bravo's und Blumen begleitet mir zuschweben werden;

und befäße ich auch nicht jenes Talent, an dem Sie
zweifeln, wie Ihr Lächeln mir beweiset, bliebe mir nicht
doch jene rasende Unabhängigkeitsliebe, die mir immer
alle Schätze ersehen wird, und selbst den Instinkt der
Erhaltung in mir beherrscht? Nein, nicht meinetwegen
ktrübe ich mich; ich wüßte wohl immer mich aus der
Verlegenheit zu ziehen; meine Bücher, meine Stifte, mein
Clavier, lauter Dinge, die nicht viel kosten, und die ich
mir immer verschaffen könnte, werden mir stets bleiben.
Sie denken vielleicht, daß ich wegen Madame Danglars
mich betrübe? Enttäuschen Sie sich auch in diesem
Punkte; wenn ich mich nicht sehr irre, so hat meine
Mutter alle Vorsichtsmaßregeln gegen die Catastrophe er=
griffen, die sie bedroht, und vorübergehen wird, ohne sie
zu erreichen; sie ist gedeckt, hoff' ich, und dadurch, daß
sie über mich wachte, brauchte sie sich ihrer Vermögens=
Fürsorge nicht zu entschlagen, denn, Gott sey Dank!
sie ließ mir meine volle Unabhängigkeit unter dem Vor=
wande, daß ich die Freiheit liebe. O! nein, mein Herr,
seit meiner Kindheit sah ich zu viele Dinge um mich her
vorgehen, ich habe sie alle zu gut verstanden, als daß
das Unglück mehr Eindruck auf mich machen könnte, als
es zu machen verdient; seitdem ich mich kenne, wurde
ich von Niemanden geliebt; desto schlimmer! Dieß
brachte mich natürlich dahin, Niemand zu lieben, desto
besser! Jetzt haben Sie mein Glaubensbekenntniß."

„Dann bestehen Sie darauf, mein Fräulein," ver=
setzte Danglars, mit der Bläffe eines Zornes, deffen
Quelle nicht die beleidigte väterliche Liebe war, „meinen
Ruin vollenden zu wollen."

„Ihren Ruin? Ich soll Ihren Ruin vollenden? Was wollen Sie damit sagen? Ich verstehe Sie nicht," äußerte Eugenie.

„Desto besser, dieß gewährt mir einen Hoffnungsstrahl; hören Sie."

„Ich höre," erwiederte Eugenie, ihren Vater so starr anschauend, daß dieser einer Anstrengung bedurfte, um vor dem mächtigen Blicke des jungen Mädchens nicht die Augen zu senken.

„Herr Cavalcanti," fuhr Danglars fort, „heirathet Sie, und indem er Sie heirathet, bringt er Ihnen ein Heirathgut von drei Millionen zu, die er bei mir anlegt."

„Ah! sehr gut," bemerkte Eugenie mit einer souverainen Geringschätzung, ihre Handschuhe übereinander glättend.

„Sie denken, daß ich diesen drei Millionen einen Schaden zufügen werde?" fragte Danglars; „keineswegs. Diese drei Millionen sind bestimmt, ihrer wenigstens zehn zu ertragen. Ich erhielt mit einem Banquier, meinem Collegen, die Concession zu einer Eisenbahn, der einzigen Industrie, die in unsern Tagen jene fabelhaften Aussichten auf einen unmittelbaren günstigen Erfolg darbietet, wie ehemals Law für die guten Pariser, für diese ewigen Gimpel der Speculation, zu einem phantastischen Mississipi sie benützte. Nach meiner Berechnung soll man den zehnmalhunderttausendsten Theil einer Eisenbahnschiene besitzen, wie man ehemals einen Morgen brachen Grund an den Ufern des Ohio besaß. Dieß ist eine hypothekarische Geldanlegung, welche ein Fortschritt ist, wie Sie sehen, weil man wenigstens zehn, fünfzehn, zwanzig, hundert

Pfund Eisen für sein Geld haben wird! Wohlan, ich muß von heute an in acht Tagen, auf meine Rechnung, vier Millionen erlegen; diese vier Millionen, sag' ich Ihnen, werden ihrer zehn bis zwölf ertragen.“

„Aber während jenes Besuches, den ich Ihnen vorgestern machte, mein Herr, und dessen Sie sich gefälligst erinnern wollen,“ erwiederte Eugenie, „sah ich Sie sechsthalb Millionen eincassiren, ... dieß ist der richtige Ausdruck, nicht wahr? Sie zeigten mir sogar die Summe in zwei Bons auf den Schatz, und erstaunten, daß ein Papier, das einen so großen Werth vorstellt, nicht meine Augen blendete, wie es ein Blitz thun würde.“

„Ja, aber diese sechsthalb Millionen gehören nicht mein, und sind nur ein Beweis des mir geschenkten Zutrauens; mein Titel als populärer Banquier verschaffte mir das Vertrauen der Spitäler, und die sechsthalb Millionen gehören den Spitälern; zu jeder andern Zeit wäre ich nicht unschlüssig, mich ihrer zu bedienen, aber jetzt kennt man die großen Verluste, die ich erlitt, und der Credit, wie ich Ihnen sagte, beginnt, sich von mir zurückzuziehen. In jedem Augenblicke kann die Administration dieses Depot abverlangen, und hab' ich es zu etwas Anderem verwendet, so bin ich gezwungen, einen schimpflichen Bankerott zu machen. Ich verachte die Bankerotte nicht, glauben Sie ja, aber die Bankerotte, welche bereichern, und nicht jene, welche ruiniren. Heirathen Sie Herrn Cavalcanti, und ich erhebe die drei Millionen Heirathgut, oder wenn man auch nur glaubt, daß ich sie erheben werde, so befestiget mein Credit sich wieder, und mein Vermögen, das seit einem Monate, oder seit zwei, in durch ein unbegreifliches Mißgeschick unter meinen Füßen gehöhlte Abgründe stürzte, stellt sich wieder her. Verstehen Sie mich?"

„Vollkommen; Sie verpfänden mich für drei Millionen, nicht wahr?"

„Je größer die Summe ist, desto schmeichelhafter ist sie; sie giebt Ihnen eine Idee von Ihrem Werthe."

„Ich danke. Noch ein Wort, mein Herr; versprechen Sie mir, sich, so lang es Ihnen belieben wird, der Ziffer dieses Heirathsgutes zu bedienen, das Herr Cavalcanti einbringen soll, aber die Summe nicht zu erheben? Dieß ist keine Sache der Selbstsucht, sondern eine Sache des Zartgefühles. Gerne will ich zum Wiederaufbaue Ihres Vermögens beitragen, aber nicht Ihre Mitschuldige bei dem Ruine anderer werden."

„Aber wenn ich Ihnen sage," rief Danglars aus, „daß mit diesen drei Millionen..."

„Glauben Sie sich aus Ihrer Verlegenheit zu ziehen, mein Herr, ohne nöthig zu haben, diese drei Millionen zu erheben?"

„Ich hoffe es, aber immer nur unter der Bedingung, daß die Heirath, indem sie zu Stande kömmt, meinen Credit befestigen wird."

„Werden Sie dem Herrn Cavalcanti die fünfmalhunderttausend Francs bezahlen können, die Sie mir contraktmäßig geben?"

„Von der Mairie heimkehren, wird er sie erheben."

„Gut!"

„Wie so... gut? Was wollen Sie damit sagen?"

„Ich will damit sagen, daß Sie, indem Sie meine Unterzeichnung verlangen, hinsichtlich meiner Person mich unbedingt frei lassen?"

„Unbedingt."

„Dann... gut; wie ich Ihnen sagte, mein Herr, ich bin bereit, Herrn Cavalcanti zu heirathen."

„Doch was für Pläne haben Sie?"

„Ah! Dieß ist mein Geheimniß. Wo wäre meine Ueberlegenheit über Sie, wenn ich, im Besitze des Ihrigen, Ihnen das Meinige preisgäbe?"

Danglars biß sich auf die Lippen. „Sie sind also bereit," fragte er, „die wenigen offiziellen Besuche zu machen, die unbedingt unerläßlich sind?"

„Ja," antwortete Eugenie.

„Und in drei Tagen den Ehecontract zu unterzeichnen?"

„Ja."

„Dann ist's an mir, zu Ihnen zu sagen: Gut!"

Und Danglars faßte die Hand seiner Tochter, und drückte sie zwischen den seinigen. Aber sonderbar! während dieses Handdrückens wagte der Vater nicht, zu sagen: „Ich danke, mein Kind;" die Tochter hatte kein Lächeln für ihren Vater.

„Ist die Conferenz zu Ende?" fragte Eugenie aufstehend.

Danglars machte ein Zeichen mit dem Kopfe, daß er nichts mehr zu sagen habe. Fünf Minuten nachher widerhallte das Clavier unter den Fingern des Fräuleins von Armilly, und das Fräulein Danglars sang Bra-

4*

bantio's Verfluchung Desdemona's. Am Ende des Stückes
trat Etienne ein, und meldete Eugenien, daß eingespannt
sey, und die Baronin sie erwarte, um ihre Besuche zu
machen. Wir sahen die beiden Damen bei Villefort
Besuch machen, von wo sie schieden, um ihre Gänge
fortzusetzen.

Der Contrakt.

Drei Tage nach der von uns so eben erzählten Scene,
das heißt: gegen fünf Uhr Nachmittags des zur Unterzeichnung des Heirathscontraktes von Eugenie Danglars
und Andrea Cavalcanti, dessen Prinzenstand der Banquier
so beharrlich aufrechthielt, bestimmten Tages, als ein
kühler Wind alle Blätter in dem vor dem Hause des
Grafen von Monte-Christo gelegenen Garten durchsäu-
selte, in dem Momente, da dieser auszufahren sich an-
schickte, und während die von der Hand des schon seit
länger als einer Viertelstunde auf dem Bocke sitzenden
Kutschers bewältigten Pferde strampfend seiner harrten,
lenkte der elegante Phaeton, mit dem wir bereits öfter
Bekanntschaft machten, und vorzüglich während des Abend-
cirkels zu Auteuil, rasch um die Ecke des Einfahrtthores,
und schleuderte mehr, als daß er ihn absetzte, auf die
Stufen der Freitreppe den Herrn Andrea Cavalcanti, so
aufgeputzt, so strahlend, als wenn er auf dem Punkte
gewesen wäre, eine Prinzessin zu heirathen. Er erkundigte
sich nach der Gesundheit des Grafen mit jener Vertraulichkeit, die ihm eigenthümlich war, und traf ihn selbst, indem er hurtig in das erste Stockwerk hinaufging, auf

der Treppe oben. Bei dem Anblicke des jungen Mannes
blieb der Graf stehen. Andrea Cavalcanti war im Schwunge,
und wenn er im Schwunge war, hielt ihn nichts auf.
„Ei, guten Morgen, lieber Herr von Monte = Christo,“
sagte er zum Grafen.

„Ah! Herr Andrea!“ erwiederte dieser mit seiner
halbspöttischen Stimme; „wie befinden Sie sich?“

„Vortrefflich, wie Sie sehen. Ich komme, um mit
Ihnen von tausend Sachen zu plaudern; doch vor Allem:
Fahren Sie aus, oder kehrten Sie heim?“

„Ich fahre aus, mein Herr.“

„Dann werde ich, wenn es Ihnen gefällig ist, um
Sie nicht aufzuhalten, in Ihre Kalesche steigen, und Tom
uns, meinen Phaeton nachführend, folgen.“

„Nein,“ versetzte mit einem unmerkbaren Lächeln der
Verachtung der Graf, der keine Lust fühlte, in Gesell=
schaft des jungen Mannes zu seyn, „nein, mir ist es
lieber, Ihnen hier Audienz zu geben, lieber Herr Andrea;
man plaudert besser in einem Zimmer, und hat keinen
Kutscher, der die Worte im Fluge aufschnappt.“

Der Graf kehrte also in einen kleinen Salon zurück,
der einen Theil des ersten Stockwerkes bildete, und gab,
seine Beine kreuzend, dem jungen Manne ein Zeichen,
sich gleichfalls zu setzen. Andrea nahm seine heiterste
Miene an. „Sie wissen, lieber Graf,“ sagte er, „daß
die Ceremonie heute Abend Statt findet; um neun Uhr
unterzeichnet man den Heirathscontrakt bei dem Schwie=
gervater.“

„Ah! wirklich?“ fragte Monte = Christo.

„Wie? Bring' ich Ihnen eine Neuigkeit, und waren

Sie von dieser Feierlichkeit nicht durch Herrn Danglars in Kenntniß gesetzt?"

"Allerdings," antwortete der Graf, "erhielt ich gestern einen Brief von ihm; aber ich glaube nicht, daß die Stunde darin bezeichnet war."

"Das ist möglich; der Schwiegervater wird auf die öffentliche Kundbarkeit gerechnet haben."

"Wohlan," äußerte Monte-Christo, "Sie sind jetzt glücklich, Herr Cavalcanti: Sie treffen da eine der annehmbarsten Partien; und zudem ist Fräulein Danglars hübsch."

"Ja wohl," antwortete Cavalcanti mit einem Tone voll Bescheidenheit.

"Und sie ist sehr reich, wenigstens wie ich glaube," bemerkte Monte-Christo.

"Sehr reich, glauben Sie?" wiederholte der junge Mann.

"Ohne Zweifel; man sagt, daß Herr Danglars wenigstens die Hälfte seines Vermögens verschweigt."

"Und er gesteht fünfzehn bis zwanzig Millionen," versetzte Andrea mit einem freudefunkelnden Blicke.

"Ungerechnet," fügte Monte-Christo bei, "daß er im Begriffe steht, sich in eine Art von Speculation einzulassen, die in den Vereinigten Staaten und in England schon etwas abgenützt, aber in Frankreich völlig neu ist."

"Ja, ja, ich weiß, wovon Sie sprechen wollen; die Eisenbahn, für die er eben erst die obrigkeitliche Zuerkennung erhielt, nicht wahr?"

"Richtig! Nach der allgemeinen Meinung wird er bei diesem Unternehmen wenigstens zehn Millionen gewinnen."

„Zehn Millionen! Glauben Sie? Das ist prächtig!" sagte Cavalcanti, der bei diesem metallischen Klange mit prunkvollen Worten sich berauschte.

„Ungerechnet," fuhr Monte=Christo fort, „daß dieses ganze Vermögen Ihnen zufallen wird, und zwar mit Recht, da Fräulein Danglars die einzige Tochter ist. Uebrigens ist Ihr Vermögen, wenigstens sagte mir's Ihr Vater, jenem Ihrer Verlobten beinahe gleich. Aber lassen wir die Geldangelegenheiten ein wenig ruhen. Wissen Sie, Herr Andrea, daß Sie diese ganze Sache ziemlich schnell und gewandt geführt haben?"

„Aber nicht übel, nicht übel," antwortete der junge Mann; „ich bin geboren, um Diplomat zu werden."

„Wohlan, man wird Sie in die Diplomatie treten lassen; die Diplomatie, wie Sie wissen, lernt man nicht: das ist eine Instinktsache. Das Herz ist also gefangen?"

„Ich befürchte es wahrhaftig," erwiederte Andrea mit dem Tone, mit welchem er im Théâtre = Français Dorante oder Valère Alcesten antworten hörte.

„Liebt man Sie ein wenig?"

„Man muß wohl," antwortete Andrea mit einem Siegerlächeln, „weil man mich heirathet. Vergessen wir jedoch einen wichtigen Punkt nicht."

„Welchen?"

„Daß mir in allem dem absonderlich beigestanden wurde."

„Von den Umständen?"

„Nein, von Ihnen."

„Von mir? Hören Sie doch auf, Prinz," sagte Monte=Christo, mit Affectation diesen Titel betonend.

„Was konnte ich für Sie thun? Genügten nicht Ihr
Name, Ihre sociale Stellung und Ihr Verdienst?"

„Nein," erwiederte Andrea, „nein, und sagen Sie,
was Sie wollen, Herr Graf, ich behaupte, daß die
Stellung eines Mannes, wie Sie, mehr gethan hat, als
mein Name, meine sociale Stellung, und mein Verdienst."

„Sie täuschen sich völlig, mein Herr," versetzte
Monte-Christo kalt, der die perfide Gewandtheit des
jungen Mannes merkte, und die Tragweite seiner Worte
begriff; „meine Protektion wurde Ihnen erst nach erhal=
tener Kenntniß von dem Einflusse und dem Vermögen
Ihres Herrn Vaters zu Theil; denn wer hat eigentlich
mir, der ich weder Sie, noch den erlauchten Urheber
Ihres Daseyns jemals gesehen hatte, das Glück Ihrer
Bekanntschaft bereitet? Zwei von meinen guten Freun=
den, Lord Wilmore und der Abbé Busoni sind es. Wer
hat mich ermuthiget, nicht...Ihnen zur Bürgschaft zu
dienen, sondern Sie in meinen Schutz zu nehmen? Der
in Italien so bekannte und so geehrte Name Ihres Va=
ters; persönlich kenne ich Sie nicht."

Diese Ruhe, diese vollkommene Ungezwungenheit, ließen
Andrea begreifen, daß er von einer kräftigern Hand, als
die seinige, zusammengedrückt sey, und daß diese Umschlie=
ßung nicht leicht könnte gebrochen werden. „Ah!" sagte
er, „mein Vater besitzt also wirklich ein recht großes
Vermögen, Herr Graf?"

„Es scheint so, mein Herr," antwortete Monte=Christo.

„Wissen Sie, ob das Heirathgut angekommen ist,
das er mir versprach?"

„Ich erhielt den Avisobrief davon."

„Aber die drei Millionen?“

„Die drei Millionen sind aller Wahrscheinlichkeit nach auf dem Wege.“

„Ich werde sie also wirklich erheben?“

„Ei doch,“ antwortete der Graf, „es dünkt mir, daß es Ihnen bisher an Geld nicht gemangelt hat!“

Andrea war so überrascht, daß er sich nicht enthalten konnte, einen Augenblick nachzusinnen. „Nun bleibt mir noch übrig,“ sagte er, aus seinem Nachsinnen erwachend, „eine Bitte an Sie zu stellen, mein Herr, und diese werden Sie begreifen, selbst wenn sie Ihnen unangenehm seyn sollte.“

„Sprechen Sie!“ äußerte Monte=Christo.

„Ich habe in Folge meines Vermögens, mit vielen ausgezeichneten Personen Beziehungen angeknüpft, und besitze sogar, wenigstens für den Augenblick, eine Menge Freunde. Aber indem ich mich, wie ich es thue, Ange=sichts der ganzen Parisergesellschaft vermähle, muß ich auf einen berühmten Namen mich stützen, und, in Er=mangelung der väterlichen Hand, von einer mächtigen Hand zum Altare geleitet werden; nun aber kommt mein Vater nicht nach Paris, nicht wahr?“

„Er ist alt, mit Wunden bedeckt, und leidend, sagte er, so daß er bei jeder Reise den Tod wagt.“

„Ich begreife. Wohlan, ich stelle eine Bitte an Sie.“

„Und welche? Mein Gott!“

„Nun denn: seine Stelle zu vertreten.“

„Ah! mein lieber Herr, wie! nach den zahlreichen Beziehungen, in welche mit Ihnen zu kommen ich die Ehre hatte, kennen Sie mich so schlecht, daß Sie ein

solches Verlangen an mich stellen? Verlangen Sie von
mir, Ihnen eine halbe Million zu borgen, und Sie
werden mich, obgleich ein solches Darleihen ziemlich selten seyn mag, auf mein Ehrenwort, weniger geniren.
Wissen Sie also, ich glaubte es Ihnen schon gesagt zu
haben, daß mit seiner moralischen Theilnehmung, vorzüglich in Verhältnissen dieser Welt, der Graf von
Monte-Christo nie aufgehört hat, Bedenken zu verbin-
den, ich sage mehr noch: die abergläubischen Meinungen
eines Mannes aus dem Oriente. Ich, der ich ein Se-
rail zu Cairo besitze, eines zu Smyrna und eines zu
Constantinopel, sollte eine Hauptperson bei einer Vermählung vorstellen, niemals!"

„Sie lehnen es also ab?"

„Unumwunden; und wären Sie mein Sohn, wären
Sie mein Bruder, ich würde es ebenfalls ablehnen."

„Ah! ist es denn möglich!" rief Andrea in seiner
Erwartung getäuscht aus, „aber was soll ich jetzt
thun?"

„Sie haben hundert Freunde, Sie sagten es selbst."

„Einverstanden, aber Sie haben mich bei Herrn
Danglars vorgestellt."

„Nein! Stellen wir die Thatsachen wieder in ihrer
vollen Wahrheit her: ich brachte Sie bei dem Mittags-
mahle zu Auteuil mit ihm zusammen, und Sie haben
sich selbst vorgestellt; Teufel! das ist ganz verschieden."

„Ja, aber Sie haben zu meiner Heirath mitgeholfen."

„Ich? durchaus nicht, ich bitte Sie, es zu glauben;
aber erinnern Sie sich doch dessen, was ich Ihnen antwortete, als Sie kamen, mich zu bitten, die Brautwer-

bung zu übernehmen. O! ich stifte nie Heirathen, mein
lieber Prinz, das ist ein bei mir festgestellter Grundsatz."

Andrea biß sich auf die Lippen. „Aber Sie werden doch wenigstens dabei seyn?" fragte er.

„Es wird ganz Paris dabei seyn?"

„O! gewiß!"

„Wohlan, ich werde dabei seyn, wie ganz Paris,"
erwiederte der Graf.

„Sie werden den Heirathscontract unterzeichnen?"

„O! hiewegen nehm' ich keinen Anstand, und meine
Bedenklichkeiten gehen nicht so weit."

„Je nun, da Sie mir mehr nicht gewähren wollen,
muß ich mit dem mich begnügen, was Sie mir geben.
Aber noch ein Wort, Graf."

„Was beliebt?"

„Ein Rath."

„Nehmen Sie sich in Acht, ein Rath ist schlimmer
als ein Dienst."

„O! diesen können Sie mir geben, ohne sich zu
compromittiren."

„Sprechen Sie!"

„Das Heirathsgut meiner Frau beträgt fünfmalhunderttausend Livres?"

„Dieß ist die Ziffer, welche Herr Danglars selbst
mir angab."

„Muß ich sie in Empfang nehmen, oder in den
Händen des Notars lassen?"

„Hören Sie, wie man sich im Allgemeinen dabei
benimmt, wenn man sich dabei galant benehmen will:
Ihre beiden Notarien verabreden eine Zusammenkunft

wegen des Contractes auf morgen oder übermorgen; morgen oder übermorgen wechseln sie die beiden Mitgaben aus, deren Empfang sie sich gegenseitig quittiren; nach der Vermählungsfeier stellen sie dann die Millionen Ihnen, als dem Haupte der Gemeinschaft, zur Verfügung."

„Ich glaubte, meinen Schwiegervater sagen gehört zu haben," erwiederte Andrea mit einer gewissen, schlecht verhehlten Besorgniß, „daß er gesonnen sey, unsere Fonds bei jenem famosen Eisenbahngeschäfte anzulegen, dessen Sie eben erst erwähnten."

„Nun denn," versetzte Monte-Christo, „das ist ja, wie Jedermann versichert, ein Mittel, daß Ihre Kapitalien in einem Jahre verdreifacht werden. Der Herr Baron Danglars ist ein guter Vater, und weiß zu rechnen."

„Ei," äußerte Andrea, „es geht also Alles gut, jedoch mit Ausnahme Ihrer Ablehnung, die mir äusserst leid thut."

„Schreiben Sie dieselbe nur Bedenklichkeiten zu, die in einer solchen Lage sehr natürlich sind."

„Nun denn," entgegnete Andrea, „so geschehe es, wie Sie wollen; auf heute Abend neun Uhr!"

„Auf heute Abend!" Und ungeachtet eines leichten Widerstrebens Monte-Christo's, dessen Lippen erblaßten, der jedoch sein feierliches Lächeln bewahrte, faßte Andrea die Hand des Grafen, drückte sie, sprang in seinen Phaeton, und verschwand. Die vier bis fünf Stnuden, welche Andrea bis neun Uhr blieben, verwendete er zu Gängen, zu Besuchen, bestimmt, jene Freunde, von denen er sprach, zu interessiren, bei dem Banquier mit

dem ganzen Luxus ihrer Equipagen zu erscheinen, indem
er sie mit jenen Verheissungen von Actien verblendete,
die seitdem alle Köpfe schwindeln machten, und deren
Initiative in diesem Momente Danglars besaß. In der
That waren um halb neun Uhr Abends der große Salon von Danglars, die an diesen Salon stossende Gallerie, und die drei übrigen Salons des Stockwerkes,
von einer parfümirten Menge angefüllt, welche sehr wenig die Sympathie herbeilockte, wohl aber in hohem
Grade jenes unwiderstehliche Bedürfniß, dort zu sehn,
wo es, wie man weiß, Neues giebt. Ein Akademiker
würde sagen, daß die Abendzirkel der vornehmen Welt
Sammlungen von Blumen seyen, welche unbeständige
Schmetterlinge, hungrige Bienen und summende Horniffe
anlocken. Es bedarf keiner Erwähnung, daß die Salons
von Wachskerzen funkelten, das Licht von ▓ vergolde-
ten Gesimsen auf die seidenen Tapeten fluthete, und der
ganze schlechte Geschmack dieser Möblirung, die nur den
Werth des Reichthumes besaß, in seinem vollen Glanze
hervortrat. Fräulein Eugenie war mit der elegantesten
Einfachheit angezogen: aus einem weißseidenen, weiß-
broschirten Kleide, aus einer weißen, in ihren gagat-
schwarzen Haaren halb versteckten Rose, bestand ihr gan-
zer Putz, den nicht der mindeste Schmuck zierte. Nur
konnte man in ihren Augen jene vollkommene, zur Wi-
derlegung dessen bestimmte Zuversicht lesen, was diese
Unschuldstoilette in ihren eigenen Augen Gemeinjung-
fräuliches hatte. Madame Danglars plauderte, dreißig
Schritte von ihr, mit Debray, Beauchamp und Château-
Renaud. Debray war wegen dieser großen Feierlichkeit

wieder in das Haus gekommen, aber wie Jedermann,
und ohne einen besondern Vorzug. Herr Danglars, von
Deputirten und Finanzmännern umgeben, erklärte eine
Theorie von neuen Steuern, die er anzuwenden gedenke,
wenn die Gewalt der Umstände die Regierung zwänge,
in das Ministerium ihn zu berufen. Andrea hing
am Arme eines der muntersten Dandy's der Oper; er
erklärte ihm ziemlich ungebührlich, weil er keck seyn
mußte, um behaglich zu scheinen, die Pläne seines künftigen Lebens, und die Luxusfortschritte, die er mit der
Rente von einmalhundertfünfundsiebenzigtausend Livres
der vornehmen Welt von Paris zur Schau zu stellen
gesonnen sey.

Die ganze Menge wogte in diesem Salons wie eine
Ebbe und Fluth von Türkisen, Rubinen, Smaragden,
Opalen und Diamanten. Wie überall, bemerkte man,
daß die ältesten Frauen die geputztesten waren, und die
Häßlichsten am beharrlichsten sich vordrängten. War
irgend eine schöne weiße Lilie da, irgend eine sanfte und
parfümirte Rose, so mußte man sie, durch eine Mutter
mit einem Turbane oder durch eine Tante mit einem
Paradiesvogel auf dem Kopfe, versteckt in irgend einer Ecke
suchen und entdecken. In jedem Augenblicke, inmitten dieses
Gewühles, dieses Gesumses, dieses Lachens, meldete die
laute Stimme der Thürsteher einen in den Finanzen be-
kannten, in der Armee geachteten, oder in den Wissen-
schaften berühmten Namen. Aber wie Viele für Einen,
der den Vorzug genoß, diesen Ocean menschlicher Wel-
len brausen zu machen, traten ein, von der Gleichgültigkeit oder dem Hohnlächeln der Geringschätzung em-

pfangen! In dem Momente, da der Zeiger der massiven,
den schlummernden Endymion darstellenden Pendeluhr,
auf ihrem goldenen Zifferblatte neun Uhr wies, und
ihre Glocke, die treue Wiedererzeugerin des maschinen=
mäßigen Gedankens, neun Uhr schlug, erscholl auch der
Name des Grafen von Monte=Christo, und wie von der
elektrischen Flamme durchzuckt, wandte sich die ganze
Versammlung nach der Thüre um.

Der Graf war schwarz gekleidet, und mit seiner ge=
wöhnlichen Einfachheit; sein weißes Gilet prägte seine
prächtige Brust aus, seine schwarze Halsbinde schien
von besonderer Frische, so sehr wurde sie von der
männlichen Blässe seines Teints gehoben; er trug
keinen andern Schmuck, als eine so feine Gilet=
kette, daß der dünne Goldfaden kaum auf dem
weißen Piqué hervortrat. Sogleich bildete sich ein
Kreis um die Thüre. Mit einem Blicke bemerkte der
Graf Madame Danglars an dem einen Ende des Sa=
lons, Herrn Danglars an dem andern, und das Fräu=
lein Eugenie vor sich. Er näherte sich zunächst der
Baronin, die mit Herrn von Villefort sprach, der allein
gekommen war, da Valentine sich noch immer leidend
fühlte, und ging, ohne vom Wege abzukommen, so frei
blieb der Weg vor ihm, von der Baronin zu Eugenien,
die er in so raschen und bemessenen Ausdrücken beglück=
wünschte, daß die stolze Künstlerin darüber betroffen
wurde. Neben ihr stand das Fräulein Louise von Ar=
milly, welche dem Grafen für die Empfehlungsbriefe
dankte, die er ihr so artig für Italien gab, und die sie,
wie sie sagte, ungesäumt zu benützen gedenke. Diese

Damen verlaffend, kehrte er ſich um, und ſtand neben
Danglars, der ſich genähert hatte, um ihm die Hand
zu geben. Nach Erfüllung dieſer drei ſocialen Pflichten,
blieb Monte-Chriſto ſtehen, und ſchaute mit jenem zu-
verſichtlichen Blicke um ſich her, welcher das Gepräge
jenes beſondern, den Leuten von einer gewiſſen Weltbil-
dung, und vorzüglich von einer gewiſſen Tragweite
eigenthümlichen Ausdruckes verrieth, ein Blick, der zu
ſagen ſcheint: „Ich habe gethan, was ich mußte, nun
mögen die Anderen thun, was ſie müſſen." Andrea
der in einem anſtoſſenden Salon war, fühlte dieſe Art
von Brauſen, welches Monte-Chriſto in der Menge er-
regte, und eilte herbei, um den Grafen zu begrüßen.
Er fand ihn ganz umringt; man ſtritt ſich um ſeine
Worte, wie es immer Leuten begegnet, die wenig ſprechen, und die nie ein Wort ohne Werth ſagen. In
dieſem Momente traten die Notarien ein, und legten
ihre entworfenen Urkunden auf den goldgeſtickten Sammet,
welcher den zur Unterzeichnung beſtimmten Tiſch bedeckte,
einen Tiſch von vergoldetem Holze mit geſchnitzten Lö-
wenklauen.

Einer von den Notarien ſetzte ſich, der Andere blieb
ſtehen. Man ſchritt zum Vorleſen des Contractes, den
das bei dieſer Feierlichkeit anweſende halbe Paris unterzeichnen ſollte. Jedermann nahm Platz, oder vielmehr
die Frauen bildeten einen Kreis, während die Männer,
gleichgültiger hinſichtlich des energiſchen Styles,
wie Boileau ſagt, ihre Bemerkungen über Andrea's fieber-
hafte Aufregung, über die Aufmerkſamkeit des Herrn
Danglars, über Eugeniens Unempfindſamkeit, und über

die rasche und muntere Art machten, womit die Baronin
diese wichtige Angelegenheit behandelte. Der Contract
wurde inmitten einer tiefen Stille vorgelesen. Aber nach
beendigtem Vorlesen begann alsogleich wieder der Lärm
in den Salons doppelt so stark, als zuvor: Diese glän-
zenden Summen, diese in die Zukunft der beiden jungen
Leute rollenden Millionen, und welche die in einem aus-
schließlich diesem Zwecke geweihten Gemache veranstaltete
Schaustellung der Brautausstattung und der Diamanten
der jungen Frau vervollständigten, hatten in der neidi-
schen Versammlung mit ihrem ganzen Blendwerke wi-
derhallt. Die Reize des Fräuleins Danglars erschienen
deßhalb in den Augen der jungen Leute doppelt, und
verdunkelten für den Augenblick den Glanz der Sonne.
Was die Frauen betrifft, bedarf es keiner Erwähnung,
daß sie, obwohl um diese Millionen beneidend, ihrer
nicht zu bedürfen glaubten, um schön zu seyn.

Andrea, von seinen Freunden umdrängt, beglück-
wünscht, mit niedrigen Schmeicheleien überhäuft, an die
Wirklichkeit des Traumes zu glauben beginnend, den er
träumte, stand auf dem Punkte, den Verstand zu verlieren. Der Notar nahm feierlich die Feder, hob sie
über seinen Kopf empor, und sagte: „Meine Herren,
man wird den Vertrag unterzeichnen."

Der Baron sollte zuerst unterzeichnen, dann der Bevollmächtigte des Herrn Cavalcanti, des Vaters, dann die Baronin, dann die künftigen Ehegatten, wie man in jenem abscheu-
lichen Style sagt, der auf Stempelpapier sein Wesen treibt.
Der Baron nahm die Feder und unterzeichnete, dann der

4 * *

Bevollmächtigte. Die Baronin näherte sich am Arme
der Frau von Villefort. „Mein Freund," sagte sie, die
Feder ergreifend, „ist es nicht eine höchst ärgerliche
Sache? Ein unerwarteter Zwischenfall, durch jene Mord-
und Diebsgeschichte veranlaßt, deren Opfer der Herr
Graf von Monte-Christo beinahe geworden wäre, be-
raubt uns der Anwesenheit des Herrn von Villefort."

„O! mein Gott!" erwiederte Danglars mit dem
nämlichen Tone, womit er gesagt hätte: „Meiner Treue,
dieß ist mir sehr gleichgültig!"

„Mein Gott," äußerte Monte-Christo, sich nähernd,
„ich fürchte sehr, die unwillkürliche Ursache dieser Abwesenheit zu seyn."

„Wie! Sie, Graf?" fragte Madame Danglars, indem sie unterzeichnete. Wenn dem also ist, so nehmen
Sie sich in Acht, ich werde Ihnen nie verzeihen."

Andrea spitzte die Ohren.

„Die Schuld läge jedoch nicht an mir," versetzte der
Graf; „mir liegt daher daran, es darzuthun."

Man horchte höchst aufmerksam: Monte-Christo, der
so selten die Lippen öffnete, sollte sprechen. „Sie erinnern sich," begann der Graf inmitten der tiefesten Stille,
„daß jener Unglückliche in meinem Hause starb, der gekommen war, um mich zu bestehlen, und der, als er
mich verließ, getödtet wurde, und zwar von seinen Mit-
schuldigen, wie man glaubt?..."

„Ja," antwortete Danglars.

„Nun denn, um ihm Hülfe zu leisten, hatte man
ihn entkleidet, und seine Kleidungsstücke in einen Winkel
geworfen, wo die Justiz sie zu sich nahm; aber indem

die Justiz das Kleid und das Pantalon nahm, um sie bei Gericht zu deponiren, vergaß sie das Gilet.“

Andrea erblaßte sichtbar, und zog sich ganz sachte der Thüre zu; er sah eine Wolke am Horizonte erscheinen, und diese Wolke schien ihm den Sturm unter ihren Schwingen zu verbergen.

„Wohlan, dieses unglückliche Gilet fand man heute ganz blutbedeckt, und an der Stelle des Herzens durchbohrt.“

Die Damen stießen einen Schrei aus, und einige schickten sich an, in Ohnmacht zu fallen.

„Man brachte es mir. Niemand konnte errathen, woher dieser Lumpen kam; ich allein dachte, daß dieß wahrscheinlich das Gilet des Opfers sey. — Plötzlich fühlte mein Kammerdiener, diesen grauenhaften Ueberrest mit Eckel und Vorsicht durchsuchend, ein Papier in der Tasche, und zog es heraus: es war ein Brief, adressirt... an wen? An Sie, Baron.“

„An mich?“ rief Danglars aus.

„O! mein Gott, ja, an Sie; es gelang mir, Ihren Namen unter dem Blute zu lesen, womit dieses Billet besudelt war,“ antwortete Monte = Christo inmitten des lauten Ausbruches des allgemeinen Erstaunens.

„Doch in wie ferne,“ fragte Madame Danglars, ihren Gatten mit Besorgniß anschauend, „verhindert dieß den Herrn von Villefort . . .“

„Das ist ganz einfach, Madame,“ unterbrach sie Monte = Christo, „dieses Gilet und dieser Brief waren, was man die Ueberweisungsstücke nennt; ich schickte Al=

4***

les, Brief und Billet, dem Herrn Staatsanwalte. Sie
begreifen, mein lieber Baron, der gesetzliche Weg ist in
einer Criminalsache der sicherste; es war vielleicht irgend
ein listiger Anschlag gegen Sie.“

Andrea starrte Monte-Christo an, und verschwand in
den zweiten Salon.

„Das ist möglich,“ äußerte Danglars; „war dieser
ermordete Mensch nicht ein ehemaliger Galeerensträfling?“

„Ja,“ antwortete der Graf, „ein ehemaliger Galeerensträfling, Namens Caderousse.“

Danglars erblaßte leicht; Andrea verließ den zweiten Salon, und erreichte das Vorzimmer.

„Aber unterzeichnen Sie doch, unterzeichnen Sie doch,“
sagte Monte-Christo; „doch ich bemerke, daß meine Erzählung Jedermann in Unruhe versetzt hat, und ich bitte
deßhalb Sie, Frau Baronin, und das Fräulein Danglars gehorsamst um Verzeihung.“

Die Baronin, welche so eben unterzeichnet hatte, gab
die Feder dem Notar.

„Herr Prinz Cavalcanti,“ sagte der Gerichtsschrei-
ber, „Herr Prinz Cavalcanti, wo sind Sie?“

„Andrea? Andrea?“ wiederholten mehrere Stim-
men von jungen Leuten, die es bei dem edlen Italiener
schon zu jenem Grade von Vertraulichkeit gebracht hatten, ihn bei seinem Taufnamen zu nennen.

„Rufen Sie doch dem Prinzen, setzen Sie ihn doch
in Kenntniß, daß er unterzeichnen soll!“ rief Danglars
einem Thürsteher zu.

Aber im nämlichen Augenblicke strömte die Menge
der Anwesenden, von Schrecken erfaßt, in den Haupt-

salon zurück, wie wenn irgend ein furchtbares Unge-
heuer in die Gemächer getreten wäre, **quaerens quem
devoret. *)** Es war wirklich Grund vorhanden, zu-
rückzufahren, zu erschrecken, zu schreien. Ein Gendar-
merieoffizier stellte zwei Gendarmen an die Thüre eines
jeden Salons, und ging unter dem Vortritte eines mit
seiner Schärpe umgürteten Polizeicommissärs, auf Danglars zu. Madame Danglars stieß einen Schrei aus,
und fiel in Ohnmacht. Danglars, der sich für bedroht
hielt, (manche Gewissen sind niemals ruhig), zeigte den
Augen seiner Gäste ein von Schrecken entstelltes Gesicht.

„Was giebt's denn, mein Herr?" fragte Monte-
Christo, dem Commissär entgegen gehend.

„Wer von Ihnen, meine Herren," fragte der Beamte,
ohne dem Grafen zu antworten, „heißt Andrea Cavalcanti?"

Ein Schrei der Betäubung erscholl aus allen Ecken
des Salons.

Man suchte, man fragte.

„Aber wer ist denn dieser Andrea Cavalcanti?' —
fragte Danglars fast verwirrt.

„Ein ehemaliger, aus dem Bagno von Toulon entsprungener Galeerensträfling."

„Und welches Verbrechen hat er begangen?"

„Er ist beschuldiget," antwortete der Commissär mit
seiner unempfindsamen Stimme, „einen gewissen Caderousse, seinen ehemaligen Kettengefährten, in dem Mo-

---

*) „Suchend, wen es verschlingen solle."

D. Ueb.

mente ermordet zu haben, da dieser das Haus des Grafen von Monte=Christo verließ.''

Monte=Christo warf einen raschen Blick um sich.
Andrea war verschwunden.

*

Die Straße nach Belgien.

Einige Augenblicke nach der in den Salons des
Herrn Danglars durch die unerwartete Erscheinung des
Gendarmeriebrigadier, und durch die ihr gefolgte Offen=
barung hervorgebrachten Verwirrungsscene, hatte sich das
große Hôtel mit einer Schnelligkeit geleert, ähnlich jener,
welche die den Gästen gemachte Meldung eines Pest= oder
Cholera=Morbus=Falles veranlaßt hätte; in wenigen
Minuten hatte sich Jeder beeilt, durch alle Thüren, über
alle Treppen, durch alle Ausgänge sich zu entfernen, oder
vielmehr zu fliehen; denn dieß war einer von jenen
Fällen, in denen man nicht einmal jene banalen Tröstun=
gen versuchen muß, die in großen Catastrophen die besten
Freunde so ungelegen machen. Im Hôtel des Banquier
war nur Danglars geblieben, der, in sein Cabinet ein=
geschlossen, dem Gendarmerieoffiziere seine Aussage machte;
ferner Madame Danglars, in Schrecken gesetzt, in dem
Boudoir, das wir kennen, und Eugenie, die mit stolzem
Blicke und verachtender Lippe, mit ihrer unzertrennlichen
Gefährtin, dem Fräulein Louise von Armilly, in ihr Zimmer
sich begeben hatte. Die zahlreichen Diener, an diesem
Abende noch zahlreicher, als gewöhnlich, denn man hatte
ihnen wegen des Festmahles die Eisbereiter, die Köche
und Haushofmeister des Café de Paris beigesellt, wen=

beten gegen ihre Gebieter den Zorn über das, was sie
ihre Beschimpfung nannten, standen gruppenweise in der
Küchenstube, in den Küchen, in ihren Zimmern, und
kümmerten sich wenig um den Dienst, der zudem ganz
natürlich unterbrochen war. Unter diesen von verschie-
denen Interessen bestürmten Personen, verdienen nur zwei,
daß wir uns mit ihnen beschäftigen: nämlich das Fräulein Eugenie Danglars und das Fräulein Louise von
Armilly. Die junge Verlobte hatte sich, wie gesagt, mit
stolzem Blicke, verachtender Lippe, und mit dem Gange
einer beschimpften Königin entfernt, von ihrer blässeren
und bewegteren Gefährtin, als sie, gefolgt. In ihrem
Zimmer ankommend, verschloß Eugenie ihre Thüre in-
wendig, während Louise auf einen Stuhl sank.

„O! mein Gott! mein Gott! die schreckliche Sache!“
rief die junge Tonkünstlerin aus; „und wer konnte dieß
vermuthen? Herr Andrea Cavalcanti ... ein Mörder ...
ein dem Bagno Entsprungener ... ein Galeerensträfling!...“

Ein ironisches Lächeln krampfte Eugeniens Lippen.
„Wahrhaftig, ich war vorherbestimmt,“ sagte sie.

„Ich entgehe Morcerf nur, um Cavalcanti in die
Hände zu fallen.“

„O! vermenge nicht den Einen mit dem Andern, Eugenie.“

„Schweig: alle Männer sind Niederträchtige, und
ich fühle mich glücklich, mehr thun zu können, als sie
zu verabscheuen: jetzt verachte ich sie.“

„Was sollen wir thun?“ fragte Louise.

„Was wir in drei Tagen thun sollten ... abreisen.“

„Also, obgleich Du nicht mehr heirathest, willst Du
immer noch...“

„Höre, Louise, ich verabscheue dieses immer geordnete, abgemessene, wie unser Notenpapier in Linien gezogene Leben der vornehmen Welt.. Was ich immer gewünscht, gewollt, erstrebt habe, ist das Leben einer Künstlerin, das freie, unabhängige Leben, wo man nur von sich abhangt, nur sich selbst Rechenschaft zu geben braucht. Warum soll ich hier bleiben? damit man versuche, in einem Monate von heute an mich wieder zu vermählen? Und an wen? an Herrn Debray vielleicht, wovon bereits einen Augenblick die Rede war. Nein, Louise, nein; das Abenteuer dieses Abendes wird mir zur Entschuldigung dienen; ich suchte keine, ich verlangte keine, Gott sendet mir diese; sie ist willkommen."

„Wie stark und muthig Du bist," sagte das blonde und schwächliche Mädchen zu seiner braunen Gefährtin.

„Kanntest Du mich denn noch nicht? Nun, Louise, sprechen wir von unsern Angelegenheiten. Die Postkalesche…"

„…Ist glücklicherweise seit drei Tagen gekauft."

„Ließest Du sie hinführen, wo wir einsteigen sollen?"
„Ja."

„Unser Paß?"

„Hier ist er!" Und Eugenie entfaltete mit ihrer gewöhnlichen Haltung ein gedrucktes Papier, und las: „Herr Leon von Armilly, zwanzig Jahr alt, seines Gewerbes ein Künstler, schwarze Haare, schwarze Augen, reiset mit seiner Schwester."

„Vortrefflich! Durch wen hast Du Dir denn diesen Paß verschafft?"

„Als ich den Herrn von Monte-Christo um Empfeh-

lungsbriefe für die Theaterdirektoren in Rom und Neapel
ersuchte, drückte ich ihm meine Besorgnisse aus, als Frauen=
zimmer zu reisen; er begriff sie vollständig, und erbot
sich, mir einen Mannspaß zu verschaffen, und zwei Tage
nachher empfing ich diesen, dem ich eigenhändig beifügte:
reiset mit seiner Schwester."

"Wohlan," sagte Eugenie munter, "wir brauchen
nur noch unsere Koffer zu packen; wir werden am Abende
der Heirathscontractsunterzeichnung abreisen, anstatt am
Hochzeitsabende, das ist Alles."

"Ueberleg's wohl, Eugenie."

"O! alle meine Ueberlegungen sind geschehen; ich
bin es überdrüssig, nur von Uebertragen, von Monats=
schlüssen, vom Steigen, vom Fallen, von spanischen Fonds,
von haitischen Papieren sprechen zu hören. Statt dessen,
begreifst Du, Louise, haben wir die Luft, die Freiheit,
den Gesang der Vögel, die Ebenen der Lombardei, die
Canäle von Venedig, die Paläste von Rom, die Gefilde
von Neapel. Wie viel besitzen wir, Louise?"

Das gefragte Mädchen zog aus einem eingelegten
Schreibtische ein kleines verschließbares Portefeuille, das
es öffnete, und in welchem es dreiundzwanzig Banknoten
zählte. "Dreiundzwanzigtausend Francs," sagte Louise.

"Und wenigstens eben so viel an Perlen, Diamanten
und Kleinodien," bemerkte Eugenie. "Wir sind reich.
Mit fünfundvierzigtausend Francs können wir zwei Jahre
lang wie Prinzessinen leben, oder auf anständige Weise
vier Jahre lang. Aber bevor sechs Monate vergehen,
werden wir, Du mit Deiner Musik, ich mit meiner

Dumas Monte-Christo. XIII.

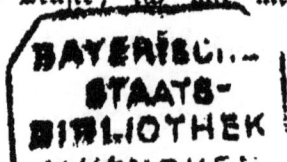

Stimme, unser Kapital verdoppelt haben. Nun, über=
nimm das Geld, ich übernehme das Kästchen mit den
Edelsteinen, so daß, wenn die Eine von uns das Unglück
hätte, ihren Schatz zu verlieren, die Andere immer noch
den ihrigen besäße. Jetzt das Felleisen; eilen wir; das
Felleisen!"

"Warte," versetzte Louise, die an die Thüre der Ma=
dame Danglars ging, und lauschte.

"Was fürchtest Du?"

"Daß man uns überrasche."

"Die Thüre ist geschlossen."

"Man könnte uns sagen, wir sollten sie öffnen."

"Möge man es sagen, wenn man will; wir werden
nicht öffnen."

"Du bist eine wahre Amazone, Eugenie!"

Und die beiden Mädchen begannen, mit einer wun=
dersamen Thätigkeit in ein Felleisen alle Reisegegenstände
zu packen, deren sie zu bedürfen glaubten.

"So," sagte Eugenie, "mach jetzt das Felleisen zu,
während ich mich umkleiden will."

Louise drückte mit der ganzen Kraft ihrer kleinen wei=
ßen Hände auf den Deckel des Felleisens. "Ich kann
ja nicht," erwiederte sie, "ich bin nicht stark genug; mach
Du es zu."

"Ah! richtig," entgegnete Eugenie lachend, "ich ver=
gaß, daß ich Herkules bin, und daß Du nur die blasse
Omphale bist."

Und das junge Mädchen, auf das Felleisen kniend,
stemmte seine weißen und kräftigen Arme so lange da=
gegen, bis die beiden Theile des Felleisens vereiniget

waren, und das Fräulein von Armilly den Hacken des
Schlosses zwischen die beiden Ringnägel gefügt hatte.
Nach Beendigung dieser Operation öffnete Eugenie eine
Commode, zu der sie den Schlüssel in ihrer Tasche trug,
und zog einen wattirten Reisemantel von violetter Seide
heraus.

„Da,“ sagte sie; „Du siehst, daß ich an Alles dachte;
mit diesem Mantel versehen wirst Du nicht frieren.“

„Aber Du?“

„O! ich, ich friere niemals, Du weißt es wohl, zudem in diesen Mannskleidern...“

„Du wirst Dich also hier ankleiden?“

„Gewiß.“

„Aber wirst Du Zeit dazu haben?“

„Hege doch nicht die mindeste Besorgniß, Hasenfuß;
alle unsere Leute sind mit der großen Angelegenheit beschäftiget. Ist es übrigens zu verwundern, wenn man
an die Verzweiflung denkt, in welcher ich seyn muß, da
ich mich eingeschlossen habe? Sprich!“

„Nein, es ist wahr, Du beruhigest mich wieder.“

„Komm, hilf mir!“

Und aus der nämlichen Schublade, aus welcher sie
den so eben dem Fräulein von Armilly gegebenen Mantel gezogen, und welchen Louise bereits um ihre Schultern
geschlungen hatte, zog sie eine vollständige Mannstracht,
von den Halbstiefeln bis zum Ueberrocke, nebst einem
Vorrathe von Weißzeug, worunter nichts Ueberflüssiges
war, aber das Nothwendige sich befand. Dann zog
Eugenie mit einer Hurtigkeit, welche verrieth, es sey
nicht das erstemal, daß sie spielend die Kleider eines

5 *

andern Geschlechtes angethan, ihre Halbstiefel an, schlüpfte in ein Pantalon, zerknitterte ihre Halsbinde, knüpfte ein bis zu ihrem Halse reichendes Gilet zu, und hüllte sich in einen Ueberrock, der ihre zarte und schwungvolle Taille ausprägte.

„O! das ist sehr gut! Das ist wirklich sehr gut!" sagte Louise, sie mit Bewunderung anschauend; „aber werden diese schönen schwarzen Haare, diese herrlichen Flechten, die alle Frauenzimmer vor Neid seufzen machten, unter einem Mannshute halten, den ich da gewahre?"

„Du wirst es sehen!" antwortete Eugenie.

Und mit ihrer linken Hand die schwellende Flechte ergreifend, welche ihre langen Finger nur mit Mühe umspannten, nahm sie mit der rechten Hand eine große Scheere, und bald schrillte der Stahl durch das reiche und üppige Haar, welches ganz zu den Füssen des jungen Mädchens sank, das sich rückwärts lehnte, um es von ihrem Ueberrocke zu scheiden. Nach dem Wegschneiden der oberen Flechte, machte sich Eugenie an jene ihrer Schläfen, die sie nacheinander abschnitt, ohne das mindeste Bedauern zu äußern; im Gegentheile, ihre Augen funkelten noch fröhlicher, als gewöhnlich, unter ihren ebenholzschwarzen Brauen.

„O! die prächtigen Haare!" rief Louise bedauernd aus.

„Ei, ist mir so nicht hundertmal wohler?" rief Eugenie aus, die zerstreuten Locken ihres ganz männlich gewordenen Haares glättend, „und findest Du mich so nicht viel schöner?"

„O! Du bist schön, immer schön!" antwortete Louise.

„Jetzt sprich: wohin gehen wir?"

„Ei, nach Brüffel, wenn Du willst; das ist die
nächste Grenze. Wir reisen nach Brüffel, Lüttich, Aachen;
wir werden rheinaufwärts bis Straßburg fahren, durch
die Schweiz ziehen, und über den St. Gotthard nach
Italien gehen. Ist's Dir so recht?"

„O ja."

„Was schauest Du an?"

„Dich schau' ich an. Du bist wahrhaftig anbetungs=
würdig so, man sollte meinen, daß Du mich entführest."

„Ei, pardieu! man hätte Recht."

„O! ich glaube, Du hast geflucht, Eugenie?"

Und die beiden jungen Mädchen, von denen man
jedes in Thränen gebadet halten konnte, das Eine auf
seine eigene Rechnung, das Andere aus Ergebenheit für
seine Freundin, brachen in ein lautes Gelächter aus,
während sie für das Verschwinden der sichtbarsten Spuren
der Unordnung sorgten, welche natürlicherweise die Vor=
bereitungen zu ihrer Flucht begleitet hatte. Nachdem
die beiden Flüchtlinge ihre Lichter ausgelöscht hatten,
öffneten sie mit spähendem Auge, lauschendem Ohre, ge=
strecktem Halse, die Thüre eines Toilettencabinetes, das
an eine in den Hof führende Dienfttreppe stieß; Eugenie
ging voran, und hielt mit einer Hand das Felleifen,
welches das Fräulein von Armilly am entgegengesetzten
Henkel kaum mit ihren beiden Händen schleppen konnte.
Der Hof war leer. Es schlug Mitternacht. Der Portier
wachte noch. Eugenie näherte sich, und sah den wackern
Schweizer im Hintergrunde der Loge in seinem Lehnstuhle
ausgestreckt. Sie kehrte zu Louisen zurück, nahm das
Felleifen wieder, das sie einen Augenblick auf den Boden

gelegt hatte, und Beide erreichten, in dem von der Mauer geworfenen Schatten hinschleichend, die Thorhalle. Eugenie ließ Louise in der Ecke des Thores so sich verbergen, daß der Portier, sollte es ihm belieben, zufällig zu erwachen, nur eine Person sah. Dann trat sie in den vollen Lichtkreis der Lampe, welche den Hof erleuchtete, und rief, an das Fenster klopfend, mit ihrer schönsten Contrealtstimme: „Aufgemacht!" Der Portier stand auf, wie Eugenie es vorhergesehen, und machte sogar einige Schritte, um die austretende Person zu erkennen; als er jedoch einen jungen Mann sah, der mit seinem Spazierstöckchen ungeduldig an seine Pantalon schlug, öffnete er schnell. Alsogleich schlüpfte Louise wie eine Schlange durch die halbgeöffnete Thüre, und sprang leicht hinaus. Auch Eugenie trat über die Schwelle, scheinbar ruhig, obgleich, aller Wahrscheinlichkeit nach, ihr Herz mehr Pulsschläge zählte, als im gewöhnlichen Zustande. Ein Commissionär ging vorüber, dem man das Felleisen übertrug, und nachdem ihm die beiden Mädchen als das Ziel ihres Ganges die Straße de la Victoire und die Nummer 36 dieser Straße bezeichnet hatten, gingen sie hinter diesem Manne, dessen Gegenwart Luise beruhigte; Eugenie aber war stark wie eine Judith oder Dalila. Man kam bei der bezeichneten Nummer an. Eugenie befahl dem Commissionär, das Felleisen abzulegen, gab ihm einige Geldstücke, und schickte ihn fort, nachdem sie an den Fensterladen geklopft hatte. Dieser Fensterladen, an welchen Eugenie geklopft hatte, war jener einer kleinen, zum voraus unterrichteten Weißnäherin; sie lag noch nicht im Bette und öffnete.

„Mademoiselle," sagte Eugenie, „lassen Sie durch den Portier die Kalesche aus der Remise ziehen, und Pferde im Posthause holen. Hier sind fünf Francs für die Mühe, die wir ihm verursachen."

„Wahrhaftig, ich bewundere Dich," äußerte Louise, „und ich möchte fast sagen, daß ich Dich verehre!"

Die Weißnäherin schaute mit Erstaunen; da es aber verabredet war, daß sie zwanzig Louisd'or bekommen sollte, machte sie nicht die mindeste Bemerkung.

Eine Viertelstunde nachher kam der Portier zurück, und brachte den Postillion und die Pferde, die rasch an den Wagen gespannt waren, auf welchen der Portier das Felleisen vermittelst eines Strickes und eines Wirbels befestigte.

„Hier ist der Paß," sagte der Postillion, „welchen Weg nehmen wir, junger Herr?"

„Den Weg nach Fontainebleau," antwortete Eugenie mit einer fast männlichen Stimme.

„Wohlan, was sprichst Du denn?" fragte Louise. „Ich täusche," erwiederte Eugenie, „diese Weißnäherin, welcher wir zwanzig Louisd'or geben, kann uns für vierzig verrathen: auf dem Boulevard werden wir eine andere Richtung einschlagen." Und das junge Mädchen schwang sich in die Briska, welche zu einem vortreff= lichen Schlafwagen eingerichtet war, fast ohne den An= tritt zu berühren.

„Du hast immer Recht, Eugenie," versetzte die Sing= lehrerin, indem sie neben ihrer Freundin Platz nahm.

Eine Viertelstunde nachher fuhr der Postillion, nach Einlenkung auf den rechten Weg, und indem er seine

Peitsche knallen ließ, durch das Gitter der Barrière Saint-Martin.

„Ah!" sagte Louise aufathmend, „nun sind wir doch außerhalb Paris."

„Ja, meine Liebe, und die Entführung ist schön und gut vollbracht," entgegnete Eugenie.

„Ja, aber ohne Gewaltthätigkeit," bemerkte Louise.

„Ich werde dieß als mildernden Umstand gelten machen," erwiederte Eugenie.

Diese Worte verloren sich im Gerassel, das der Wagen verursachte, als er über das Pflaster von La Villette rollte. Herr Danglars hatte keine Tochter mehr.

Das Gasthaus zur Glocke und zur Flasche.

Und nun lassen wir das Fräulein Danglars und ihre Freundin auf der Straße nach Brüssel fortrollen, und kehren zu dem armen Andrea Cavalcanti zurück, der im Fluge seines Glückes auf eine so unglückliche Weise gehemmt wurde. Der Herr Andrea Cavalcanti war ungeachtet seines noch sehr wenig vorgerückten Alters ein sehr gewandter und sehr intelligenter Junge. Daher sahen wir ihn bei dem ersten Lärme, der in den Salon drang, sich immer mehr der Thüre nähern, einige Zimmer durchschreiten, und endlich verschwinden. Eines Umstandes vergaßen wir zu erwähnen, der jedoch nicht umgangen werden darf: in einem von den Zimmern, durch welche Cavalcanti ging, war die Ausstattung der Braut zur Schau gestellt, Diamantenkästchen, Cachemirshawls, Spitzen von Valenciennes, Schleier aus England, kurz Alles, woraus jene zahllosen lockenden Gegenstände be=

stehen, bei deren bloßem Namen das Herz der jungen
Mädchen vor Freude hüpft, und die man die Hochzeit=
geschenke heißt. Als Andrea durch dieses Zimmer ging,
steckte er den kostbarsten Schmuck von allen zu sich, was
beweiset, daß Andrea nicht nur ein sehr intelligenter und
sehr gewandter, sondern auch ein sehr vorsichtiger Junge
war. Mit diesem Zehrpfennig versehen, fühlte sich Andrea
um die Hälfte leichter, um durch das Fenster zu springen,
und den Händen der Gendarmen zu entschlüpfen.

Groß und wohlgewachsen wie der antike Kämpfer,
muskelig, wie ein Spartaner, war Andrea eine Viertel=
stunde lang fortgelaufen, ohne zu wissen, wohin er lief,
und nur zu dem einzigen Zwecke, von dem Orte sich
zu entfernen, wo er beinahe gefangen worden wäre.
Von der Straße Mont=Blanc ausgegangen, gelangte er
mit jenem Barrièreninstinkte, welchen die Diebe besitzen,
wie der Hase jenen des Lagers, an das Ende der Straße
Lafayette. Hier blieb er stehen, athemlos, keuchend. Er
war ganz allein, zu seiner Linken das eingefriedete Saint=
Lazarre, eine weite Einöde, zu seiner Rechten Paris in
seiner ganzen Hindehnung.

„Bin ich verloren?" fragte er sich. „Nein, wenn
ich eine meinen Feinden überlegene Thätigkeit entwickeln
kann. Mein Heil ist also ganz einfach eine Myriame=
terfrage geworden."

In diesem Momente gewahrte er, als er die Vor=
stadt Poissonnière hinaufging, ein Regiecabriolet, dessen
Kutscher, mürrisch und seine Pfeife rauchend, nach den
äußersten Enden der Vorstadt Saint=Denis fahren zu wollen
schien, wo er ohne Zweifel sich gewöhnlich aufhielt.

„He! Freund!" rief Benedetto.

„Was giebts, Herr?" fragte der Kutscher.

„Ist Ihr Pferd ermüdet?"

„Ermüdet! ah ja wohl! Es hat den ganzen lieben Tag nichts gethan. Vier schlechte Fahrten und zwanzig Sous Trinkgeld; sieben Francs im Ganzen, und deren zehn soll ich dem Dienstherrn geben!"

„Wollen Sie den sieben Francs diese zwanzig beifügen, he?"

„Mit Vergnügen, Herr; zwanzig Francs sind nicht zu verachten. Was muß ich dafür thun?"

„Etwas sehr Leichtes, wenn anders Ihr Pferd nicht ermüdet ist."

„Ich sage Ihnen, daß es wie ein Zephyr fliegen wird; Sie brauchen nur zu sagen, nach welcher Richtung es fliegen solle."

„In der Richtung von Louvres."

„Ah! Ah! bekannt: die Heimath des Ratafia!"

„Richtig. Es handelt sich einfach darum, einen von meinen Freunden einzuholen, mit dem ich morgen zu La Chapelle = en = Serval jagen soll. Er sollte hier mit seinem Cabriolet bis halb zwölf Uhr auf mich warten: es ist Mitternacht; er wird überdrüssig geworden seyn, auf mich zu warten, und ganz allein sich entfernt haben."

„Das ist wahrscheinlich."

„Nun denn, wollen Sie es versuchen, ihn einzuholen?"

„Es ist mir nichts lieber."

„Wenn wir ihn von hier bis Bourget nicht einholen, werden Sie zwanzig Francs bekommen; wenn wir ihn von hier bis Louvres nicht einholen, dreißig."

„Und wenn wir ihn einholen?"

„Vierzig!" antwortete Andrea, der einen Augenblick unschlüssig war, aber erwog, daß er mit Versprechungen nichts riskire.

„Gut so!" erwiederte der Kutscher. „Steigen Sie ein, und fort dann! Prrrrouuu!..."

Andrea stieg in das Cabriolet, das raschen Laufes durch die Vorstadt Saint-Denis, entlang die Vorstadt Saint-Martin, fuhr, die Barrière passirte, und das endlose Billete einschlug. Man ließ es wohl bleiben, jenen vorgespiegelten Freund einzuholen; jedoch erkundigte sich Cavalcanti von Zeit zu Zeit bei verspäteten Wanderern oder bei Schenken, die noch wach waren, nach einem grünen, mit einem braunrothen Pferde bespannten Cabriolet, und da auf der Straße nach den Niederlanden eine ansehnliche Zahl von Cabriolets hin und her fährt, und neun Zehntheile der Cabriolets grün sind, regnete es Aufschlüsse bei jedem Schritte; es war mehr nicht als fünfhundert, zweihundert, hundert Schritte voraus; endlich fuhr man ihm vor, es war nicht das Rechte. Einmal fuhr auch eine von zwei Postpferden in raschem Galoppe fortgerissene Kalesche, dem Cabriolete vor. „Ah!" sagte Cavalcanti bei sich, „wenn ich diese Kalesche hätte, diese zwei guten Pferde, und vorzüglich den Paß, den man brauchte, um sie zu bekommen!"

Und er seufzte tief. Diese Kalesche war jene, in welcher das Fräulein Danglars und das Fräulein von Armilly fuhren. „Vorwärts! Vorwärts!" rief Andrea, „wir müssen sie bald einholen."

Und das arme Pferd schlug wieder den wüthenden

Trab ein, den es seit der Barrière lief, und kam ganz dampfend zu Louvres an.

„Ich sehe wohl," sagte Andrea, „daß ich meinen Freund nicht einholen, und Ihr Pferd tödten werde. Es ist also besser, wenn ich anhalte. Hier sind Ihre dreißig Francs, ich will im rothen Roß übernachten, und den ersten Wagen nehmen, worin ich einen Platz finden werde. Guten Abend, mein Freund.

Und Andrea, nachdem er dem Kutscher sechs Fünffrancsstücke gegeben hatte, sprang hurtig auf das Straßenpflaster herab. Der Kutscher steckte fröhlich das Geld ein, und schlug im Schritte den Weg nach Paris wieder ein; Andrea stellte sich, als ginge er in das Hôtel zum rothen Roß; allein er blieb einen Augenblick bei dem Thore stehen, hörte das Rasseln des Cabrioletes, das immer mehr in der Ferne sich verlor, machte sich wieder auf den Weg, und legte mit einem gymnastischen, sehr schwungvollen Schritte zwei Meilen zurück. Dann ruhete er; er mußte ganz nahe bei la Chapelle-en-Serval seyn, wohin er ginge, wie er sagte. Nicht die Ermüdung hielt Andrea Cavalcanti an, sondern das Bedürfniß, einen Entschluß zu fassen, die Nothwendigkeit, einen Plan zu entwerfen. Mit dem Postwagen zu reisen, war unmöglich; Extrapost nehmen war ebenfalls unmöglich. Um auf die eine oder andere Art zu reisen, war ein Paß ganz unerläßlich. Im Departement Oise bleiben, das heißt in einem der offensten und überwachtesten Departements Frankreichs, war wieder eine unmögliche Sache, vorzüglich unmöglich einem in Criminalsachen erfahrenen Manne, wie Andrea. Andrea setzte sich an

den Rand des Grabens, ließ seinen Kopf zwischen seine
Hände sinken, und sann nach. Zehn Minuten nachher
hob er den Kopf wieder empor: sein Entschluß war ge-
faßt. Er bedeckte mit Staub eine ganze Seite des Paletot, den er im Vorzimmer loszuhäkeln und über seinem
Ballanzuge zuzuknöpfen Zeit gehabt hatte, erreichte la
Chapelle-en-Serval, und klopfte kühn an die Thüre des
einzigen Gasthauses der Gegend. Der Wirth öffnete.

„Mein Freund,“ sagte Andrea, „ich ritt von Monte-
fontaine nach Senlis, als mein Pferd, ein scheues Thier,
einen Seitensprung machte, und mich zehn Schritte weit
hinschleuderte. Ich muß heute Nacht in Compiegne
ankommen, will ich nicht meiner Familie die größten
Besorgnisse veranlassen; können Sie mir ein Pferd
leihen?“

Ein Gastwirth hat immer ein Pferd, mag es gut
oder schlecht seyn. Der Gastwirth von la Chapelle-en-
Serval rief dem Stalljungen, befahl ihm, den Weißen
zu satteln, und weckte seinen Sohn, einen Knaben von
sieben Jahren, welcher hinter dem Herrn aufsitzen, und
den Vierfüßler zurückbringen sollte. Andrea gab dem
Gastwirthe zwanzig Francs, und ließ, als er sie aus
der Tasche zog, eine Visitenkarte fallen. Diese Visitenkarte war jene von einem seiner Freunde im Caffé de
Paris, so, daß der Gastwirth, als er nach Andrea's
Entfernung die aus dessen Tasche gefallene Karte auf-
hob, überzeugt war, sein Pferd dem Herrn Grafen von
Mauléon, Straße Saint-Dominique, **25**... geliehen zu
haben; dieß waren der Name und die Adresse, welche
sich auf der Karte befanden.

Der Weiße ging nicht schnell, aber in einem gleich=
mäßigen und andauernden Schritte; in vierthalb Stun=
den legte Andrea die neun Meilen zurück, die ihn von
Compiegne trennten; vier Uhr schlug's auf der Uhr des
Stadthauses, als er auf dem Platze ankam, auf dem
die Eilwägen anhalten. In Compiegne giebt es ein
vortreffliches Hôtel, dessen sich sogar jene erinnern, die
nur ein einzigesmal darin wohnten; Andrea, der bei ei=
nem von seinen Ausflügen in die Umgegend von Paris
hier Halt machte, erinnerte sich des Gasthauses zur
Glocke und zur Flasche: er orientirte sich, sah bei dem
Schimmer einer Straßenlaterne das bezeichnete Schild,
und klopfte, nach Entlassung des Knaben, dem er Alles
gab, was er an Scheidemünze bei sich trug, an die
Thüre, mit großer Richtigkeit erwägend, daß er drei bis
vier Stunden vor sich habe, und das Beste sey, durch
einen guten Schlaf und ein gutes Abendmahl sich Kräfte
zu künftigen Anstrengungen zu sammeln. Ein Kellner
öffnete.

„Mein Freund," sagte Andrea, „ich komme von
Saint=Jean=au=Bois, wo ich zu Mittag aß; ich gedachte
den Wagen zu nehmen, der um Mitternacht passirt; aber
ich verirrte mich wie ein Dummkopf, und nun spaziere
ich schon vier Stunden im Walde herum. Geben Sie
mir doch eines von den hübschen kleinen Zimmern, die
auf den Hof gehen, und lassen Sie mir ein kaltes Huhn
und eine Flasche Bordeaux bringen." Der Kellner hatte
keinen Verdacht: Andrea sprach mit der vollkommensten
Ruhe; er trug die Cigarre im Munde, und die Hände
stacken in den Taschen seines Paletot; seine Kleider wa=

ren elegant, sein Bart frisch, seine Stiefel tadellos; er
sah wie ein verspäteter Nachbar aus, weiter nichts.

Während der Kellner sein Zimmer ordnete, stand die
Wirthin auf; Andrea empfing sie mit seinem anmu-
thigsten Lächeln, und fragte sie, ob er nicht die Nummer 3 haben könnte, die er bereits bei seiner jüngsten
Durchreise durch Compiegne gehabt habe; leider war
die Nummer 3 von einem jungen Manne besetzt, der
mit seiner Schwester reisete. Andrea schien höchst be-
trübt; er tröstete sich erst nach der Versicherung der
Wirthin, daß die Nummer 7, welche man für ihn ordne,
durchaus die nämliche Lage habe, wie die Nummer 3,
und wartete, indem er sich die Füsse wärmte, und von
den jüngsten Pferderennen zu Chantilly plaudernd, auf
die Meldung, daß sein Zimmer bereitet sey. Nicht ohne
Grund hatte Andrea von jenen hübschen, auf den Hof
gehenden Gemächern gesprochen; der Hof des Gasthauses
zur Glocke mit seiner dreifachen Reihe von Gallerien,
welche ihm das Aussehen eines Schauspielhauses ver-
leihen, mit seinen Jasminen und Waldreben, die wie
eine natürliche Decoration seine leichten Säulenreihen
entlang emporranken, hat einen der reizendsten Gasthof-
eingänge auf der Welt. Das Huhn war frisch, der
Wein alt, das Feuer hell und lustig; Andrea erfreute
sich soupirend eines eben so guten Appetites, wie wenn
ihm nichts begegnet wäre. Dann legte er sich zu Bett,
und entschlummerte fast alsogleich in den Armen jenes
umwandelbaren Schlafes, den der Mensch mit zwanzig
Jahren immer findet, selbst wenn er Gewissensbisse hat.
Nun aber sind wir zu bekennen gezwungen, daß Andrea

Gewissensbisse hätte haben können, sie aber nicht
hatte.

Hören wir Andrea's Plan, einen Plan, der ihm
den besten Theil seiner Sicherheit gab. Mit Tagesanbruch wollte er aufstehen, nach pünktlicher Bezahlung
seiner Zeche das Hôtel verlassen, den Wald erreichen,
unter dem Vorwande, Malerstudien zu machen, die Gast-
freundschaft eines Bauers erkaufen, sich eine Holzhauer-
tracht und eine Art verschaffen, den Anzug des Löwen
ablegen, um jenen eines Arbeiters zu nehmen, dann
mit erdigen Händen, mit durch einen Bleikamm gebräun-
ten Haaren, mit einem durch ein Mittel sonnenverbrannten
Teint, wozu er das Recept von seinen ehemaligen Ka-
meraden erhalten hatte, von Wald zu Wald an die nächste
Grenze gelangen, bei Nacht gehen, bei Tag in den
Wäldern und Steinbrüchen schlafen, und bewohnten Orten
sich nur nähern, um bisweilen ein Brod zu kaufen. Hatte
Andrea einmal die Grenze überschritten, so wollte er seine
Diamanten zu Geld machen, den Erlös daraus zu etwa
zehn Banknoten fügen, die er für den Fall eines Ereignisses immer bei sich trug, und somit in der Lage seyn,
über ungefähr fünfzigtausend Livres zu gebieten, was seiner
Philosophie nicht der schlimmste Fall schien, strenge genommen. Uebrigens rechnete er viel auf das Interesse,
welches die Danglars hatten, das Gerücht ihres Miß-
geschickes zu vertuschen. Dieß ist die Ursache, warum
Andrea, außer seiner Müdigkeit so schnell und so gut
schlief. Ferner hatte Andrea, um früher zu erwachen,
die Fensterläden nicht geschlossen, und sich nur begnügt,
die Riegel seiner Thüre vorzuschieben, und auf seinem

Nachttische ganz bloß einen gewissen sehr spitzigen Dolch liegen zu laſſen, deſſen vortreffliche Härte er kannte, und den er immer bei ſich trug. Ungefähr um ſieben Uhr Morgens wurde Andrea durch einen Sonnenſtrahl ge= weckt, der warm und glänzend auf ſeinem Geſichte ſpielte. In jedem wohlorganiſirten Gehirne iſt die herrſchende Idee, ... und es hat immer eine, jene, welche, nach= dem ſie zuletzt entſchlummerte, zuerſt wieder das Erwachen des Gedankens erleuchtet. Andrea hatte noch nicht völlig die Augen geöffnet, als ſein herrſchender Gedanke ihn bereits faßte, und ihm in's Ohr flüſterte, daß er zu lange geſchlafen habe. Er ſprang aus ſeinem Bette, und eilte an ſein Fenſter. Ein Gendarme ging durch den Hof. Der Gendarme iſt einer von den frappanteſten Ge= genſtänden, die auf der Welt exiſtiren, ſelbſt für das Auge eines Menſchen ohne Beſorgniß; aber für jedes ängſtliche Gewiſſen, und welches irgend einen Grund hat, es zu ſcheyn, nehmen das Gelb, das Blau und das Weiß, woraus ſeine Uniform beſteht, erſchreckende Far= ben an.

„Warum ein Gendarme?" fragte ſich Andrea. Dann antwortete er ſich plötzlich ſelbſt mit jener Logik, welche der Leſer an ihm ſchon bemerken mußte: „In einem Gaſthofe hat ein Gendarme nichts Erſtaunliches: erſtaunen wir alſo nicht, aber kleiden wir uns an."

Und der junge Mann kleidete ſich mit einer Schnel= ligkeit an, die ihn ſein Kammerdiener während der we= nigen Monate des faſhionabeln Lebens, das er in Paris führte, nicht konnte verlernen machen. „Gut!' ſagte Andrea, während er ſich ankleidete, „ich werde warten, bis er fort ist, und wenn er fort seyn wird, werde ich mich davonschleichen."

Und diese Worte sprechend, ging Andrea, wieder in Stiefel und Halsbinde, behutsam an das Fenster, und lüftete zum zweitenmale den Mousselinevorhang. Nicht nur war der erste Gendarme nicht fortgegangen, sondern der junge Mann gewahrte noch eine zweite blaue, gelbe und weiße Uniform am Fuße der Treppe, der einzigen, über die er hinabgehen konnte, während ein Dritter zu Pferd, und den Carabiner in der Faust, als Schildwache an dem großen Straßenthore hielt, dem einzigen, durch welches er fortgehen konnte. Dieser dritte Gendarme war im höchsten Grade bedeutungsvoll; denn ihm entgegen breitete sich ein Halbkreis von Neugierigen aus, welche das Thor des Gasthofes hermetisch blokirten.

„Man sucht mich!" war Andrea's erster Gedanke.

„Teufel!" Blässe überflog die Stirne des jungen Mannes; er schaute ängstlich um sich herum. Sein Zimmer, wie alle in diesem Stockwerke, hatte keinen andern Ausgang, als die allen Blicken offene äußere Gallerie. „Ich bin verloren!" war sein zweiter Gedanke.

Wirklich bedeutete die Verhaftung für einen Menschen in Andrea's Lage: die Assisen, die Verurtheilung, den Tod, den Tod ohne Erbarmen und ohne Aufschub. Einen Augenblick preßte er convulsivisch seinen Kopf zwischen seinen beiden Händen. Während dieses Augenblickes mußte er vor Furcht beinahe wahnsinnig werden. Doch bald zuckte ein Hoffnungsgedanke auf, inmitten der vielen, in seinem Kopfe sich kreuzenden Gedanken; ein bleiches Lächeln glitt über seine erblaßten Lippen und gekrampften

Wangen. Er schaute um sich her; die Gegenstände, welche er suchte, lagen auf dem Marmor eines Schreib= tisches beisammen: eine Feder, Tinte und Papier.

Er tauchte die Feder in die Tinte, und schrieb mit einer Hand, welcher er Festigkeit gebot, die folgenden Zeilen auf das erste Blatt des Heftes: „Ich habe kein Geld, um zu bezahlen, aber ich bin kein unehrlicher Mann; ich lasse zum Unterpfande diese Nadel zurück, die zehnmal so viel beträgt, als meine Zeche. Man wird mir verzeihen, mit Tagesanbruch davon geschlichen zu seyn; ich schämte mich!"

Er zog seine Nadel aus seiner Halsbinde, und legte sie auf das Papier. Hierauf öffnete er seine Riegel, anstatt sie vorgeschoben zu lassen, ließ sogar seine Thüre ein wenig offen, wie wenn er bei dem Fortgehen aus dem Zimmer vergessen hätte, sie wieder zu schließen, schlüpfte in den Kamin wie ein an diese Arten von gymnastischen Uebungen gewohnter Mann, und zog den papierenen Schirm, Achilles bei Deidamie vorstellend, an sich; verwischte mit seinen Füßen sogar die Spur seiner Schritte im Zimmer, und begann das geschweifte Rohr zu ersteigen, das ihm den einzigen Rettungsweg bot, auf den er noch hoffte. Gerade in diesem Momente stieg der erste Gendarme, welcher Andrea's Blicken auffallend ge= wesen war, unter dem Vortritte des Polizeicommissärs die Treppe hinauf, und unterstützt von dem zweiten Gendarme, der den Fuß der Treppe bewachte, und selbst wieder Bei= stand von demjenigen erwarten konnte, der am Thore postirt war. Man höre, welchem Umstande Andrea diesen Besuch verdankte, dessen Empfang er mit so vieler Mühe

zu vermeiden suchte: Mit Tagesanbruch hatten die Tele=
graphen nach allen Richtungen gespielt, und jede Lo=
calität, fast unmittelbar in Kenntniß gesetzt, die Behörden
geweckt, und die öffentliche Gewalt zur Aufsuchung des
Mörders von Caderousse angeregt.

Compiegne, die königliche Residenz; Compiegne, die
Jagdstadt; Compiegne, die Garnisonsstadt, ist mit Be=
hörden, Gendarmen und Polizeicommissären reichlich ver=
sehen; die Nachforschungen hatten demnach alsogleich nach
dem Eintreffen des telegraphischen Befehles begonnen, und
da der Gasthof zur Glocke und zur Flasche der erste
Gasthof in der Stadt war, ganz natürlich in diesem zuerst.
Uebrigens war es durch den Rapport der Schildwachen,
die während dieser Nacht bei dem Stadthause auf dem
Posten standen, (das Stadthaus stoßt an den Gasthof
zur Glocke) dargethan, daß während der Nacht mehrere
Reisende im Hôtel eingekehrt waren. Die Morgens sechs
Uhr abgelösete Schildwache erinnerte sich sogar, in dem
Augenblicke, da sie den Posten bezog, das heißt: um vier
Uhr und einige Minuten, einen jungen Mann, auf einem
Schimmel reitend mit einem kleinen Bauer hinter sich,
gesehen zu haben, welcher junge Mann auf dem Platze
abstieg, den Bauer und das Pferd fortschickte, und an
das Hôtel zur Glocke klopfte, das vor ihm sich aufthat,
und hinter ihm sich wieder schloß. Auf diesem so son=
derbar verspäteten jungen Manne blieb der Verdacht ruhen.
Nun aber war dieser junge Mann kein Anderer, als
Andrea. In Folge dieser Angaben gingen der Polizei=
commissär und der Gendarme, der ein Brigadier war, zur
Thüre Andrea's. Diese Thüre war halbgeöffnet. „O!

O!" sagte der Brigadier, ein alter, mit Staatsränken gefütterter Fuchs, „eine unverschlossene Thüre ist ein böses Zeichen! Mir wäre sie lieber mit dreifachen Riegeln verrammt!"

Wirklich bestätigten, oder vielmehr unterstützten der von Andrea auf dem Tische zurückgelassene kleine Brief und die Nadel die traurige Wahrheit: Andrea war entflohen.

Wir sagen: unterstützten, weil der Brigadier nicht der Mann dazu war, sich mit einem einzigen Beweise zu begnügen. Er blickte um sich, schaute unter das Bett, entfaltete die Vorhänge, öffnete die Schränke, und blieb endlich bei dem Kamine stehen. Dank den Vorsichtsmaßregeln Andrea's, war keine Spur seines Durchganges in der Asche geblieben. Es war jedoch ein Ausgang, und in den Umständen, worin man sich befand, mußte jeder Ausgang der Gegenstand einer ernsthaften Nachforschung seyn. Der Brigadier ließ sich also ein Reisbund und Stroh bringen, verstopfte den Kamin, wie er es mit einem Mörser gemacht hätte, und zündete es an. Das Feuer machte, daß die Wände von Ziegelstein krachten; eine undurchsichtige Rauchsäule wirbelte durch die Windzüge, und stieg wie die düstere Garbe eines Vulcans zum Himmel empor; allein er sah den Gefangenen nicht herabfallen, wie er es hoffte. Dieß kam daher, daß Andrea, von seiner Jugend an im Kampfe mit der Staatsgesellschaft, wohl so viel werth war, als ein Gendarme, wäre auch dieser Gendarme zu dem ehrenwerthen Grade eines Brigadier erhoben; den Brand also vorhersehend, hatte er das Dach erreicht, und hielt sich gegen den Schlauch

gebückt. Einen Augenblick hatte er die Hoffnung, ge=
rettet zu seyn, denn er hörte den Brigadier den beiden
Gendarmen rufen, und ihnen ganz laut zuschreien: „Er
ist nicht mehr darin." Allein er sah, sachte den Hals
streckend, daß die beiden Gendarmen, anstatt sich zu ent=
fernen, wie es auf einen solchen Zuruf natürlich war,
im Gegentheile ihre Aufmerksamkeit verdoppelten. Auch
er schaute nun um sich: das Stadthaus, ein colossales
Gebäude des sechszehnten Jahrhunderts, erhob sich wie
ein finsterer Wall; zu seiner Rechten, und durch die
Oeffnungen des Monumentes, konnte man in alle Ecken
und Winkel des Daches schauen, wie man vom Gipfel
eines Berges in das Thal schaut. Andrea sah ein, daß
er demnächst den Kopf des Gendarmeriebrigadier an irgend
einer von diesen Oeffnungen erblicken würde. Entdeckt...
war er verloren; eine Jagd auf den Dächern bot ihm
keine Aussicht auf günstigen Erfolg. Er beschloß also,
wieder herabzusteigen, nicht auf dem Wege, auf welchem
er gekommen war, sondern auf einem ähnlichen Wege.
Er spähete nach jenem von den Kaminen, aus dem er
keinen Rauch steigen sah, erreichte ihn auf dem Dache
kriechend, und verschwand durch die Mündung desselben,
ohne von Jemanden gesehen zu werden. Im nämlichen
Momente öffnete sich ein kleines Fenster des Stadthauses,
durch welches der Gendarmeriebrigadier den Kopf streckte.
Einen Augenblick blieb dieser Kopf unbeweglich, wie
eines von jenen Steinbildern, die das Gebäude schmücken,
dann verschwand der Kopf mit einem langen Seufzer
getäuschter Erwartung. Ruhig und würdevoll wie das
Gesetz, dessen Repräsentant der Brigadier war, ging er

fort, ohne auf die tausend Fragen der auf dem Platze wimmelnden Menge zu antworten, und kehrte in den Gasthof zurück.

„Nun denn?" fragten die beiden Gendarmen.

„Nun denn, meine Kinder," antwortete der Brigadier, „der Räuber muß sich wirklich diesen Morgen frühzeitig aus unserer Nähe gemacht haben; allein wir wollen auf die Straße von Villers=Coterets und Noyon Mannschaft entsenden, und den Wald durchsuchen, worin wir ihn unzweifelhaft wieder erwischen werden."

Der ehrenwerthe Dienstmann hatte kaum mit der den Gendarmeriebrigadieren eigenthümlichen Betonung jenes sonore Nebenwort von sich gegeben, als ein langer, von dem verdoppelten Klange einer Schelle begleiteter Schreckensschrei, im Hofe des Gasthauses widerhallte.

„O! O! was ist dieß?" rief der Brigadier aus.

„Ein Reisender, der sehr Eile zu haben scheint," erwiederte der Wirth. „In welcher Nummer klingelt man?"

„In Nummer 3."

„Laufen Sie hin, Kellner!"

In diesem Momente verdoppelte sich das Geschrei und das Getöse der Klingel. Der Kellner begann seinen Lauf.

„Nein!" versetzte der Brigadier, indem er den Diener aufhielt; derjenige, welcher schellt, scheint mir etwas Anderes zu verlangen, als den Kellner, und wir wollen ihm einen Gendarme auftischen. Wer wohnt in Nummer 3?"

„Der heute Nacht in einer Postkalesche mit seiner Schwester angekommene kleine junge Mann, welcher ein Zimmer mit zwei Betten verlangt hat."

Die Klingel erscholl zum drittenmale mit einer angst=
voller Haft.

„Zu mir her! Herr Commissär!" rief der Brigadier,
„folgen Sie mir, und beeilen Sie Ihre Schritte!"

„Einen Augenblick," sagte der Wirth; „zum Zimmer
Nummer 3 führen zwei Treppen, eine äußere und eine
innere."

„Gut!" entgegnete der Brigadier, „ich werde die
innere nehmen, das ist mein Department. Sind die
Carabiner geladen?"

„Ja, Brigadier."

„Wohlan, wachet an der äusseren Thüre, und wenn
er fliehen will, d'rauf gefeuert; er ist ein großer Ver=
brecher, wie der Telegraph sagt."

Der Brigadier, vom Commissär gefolgt, verschwand
alsogleich auf der inneren Treppe, von dem Lärme be=
gleitet, den seine Offenbarungen über Andrea so eben
in der Menge erzeugt hatten. Folgendes war geschehen:
Andrea war sehr geschickt bis zu zwei Drittheilen des
Kamines herabgerutscht, aber dort angelangt, glitt ihm
der Fuß aus, und er war, ungeachtet der Stütze seiner
Hände, mit größerer Schnelligkeit, und vorzüglich mit
größerem Lärme, als er wollte, heruntergefahren. Dieß
hätte nichts auf sich gehabt, wenn das Zimmer leer
gewesen wäre, aber zum Unglücke war es bewohnt. Zwei
Frauenzimmer schliefen in einem Bette; dieser Lärm
hatte sie aufgeweckt. Ihre Blicke starrten auf den Punkt
hin, von wo der Lärm kam, und sie sahen durch die
Oeffnung des Kamines einen Mann erscheinen.

Die Blonde von den beiden Frauenspersonen hatte

jenen schrecklichen Schrei ausgestoßen, von dem das ganze Haus erdröhnte, während die Andere, die braune, nach der Klingelschnur greifend, und, sie aus allen ihren Kräften ziehend, Lärm machte. Andrea hatte Unglück, wie man sieht.

„Haben Sie Erbarmen!" rief er blaß, verwirrt, ohne die Personen zu sehen, an die er sich wendete, „haben Sie Erbarmen! Rufen Sie nicht, retten Sie mich! Ich will Ihnen nichts Böses zufügen."

„Andrea der Mörder!" rief eine von den beiden jungen Frauenspersonen.

„Eugenie, Fräulein Danglars!" murmelte Cavalcanti, von Schrecken in Betäubung übergehend.

„Zu Hülfe! Zu Hülfe!" schrie das Fräulein von Armilly, die Klingelschnur aus den erschlafften Händen Eugeniens nehmend, und mit noch stärkerer Kraft schellend, als ihre Gefährtin.

„Retten Sie mich, man verfolgt mich!" sagte Andrea, die Hände ringend; „haben Sie Mitleiden, Erbarmen, liefern Sie mich nicht aus!"

„Es ist zu spät, man kommt herauf," antwortete Eugenie.

„Wohlan, verstecken Sie mich irgendwo, sagen Sie, daß Sie sich fürchteten, ohne einen Grund zur Furcht zu haben; wenden Sie den Verdacht von mir ab, und Sie werden mir das Leben gerettet haben."

Die beiden Frauenspersonen, aneinandergeschmiegt, in ihre Decken sich hüllend, blieben stumm bei dieser flehenden Stimme; alle Besorgnisse, alle Abneigungen drängten sich in ihrem Geiste.

„Nun denn, meinetwegen," sagte Eugenie; „kehren Sie auf dem Wege zurück, auf welchem Sie gekommen sind, Unglücklicher; gehen Sie, und wir werden nichts sagen."

„Da ist er! Da ist er!" rief eine Stimme auf dem Vorplatze; „da ist er! Ich seh' ihn!"

Wirklich hatte der Brigadier sein Auge an das Schloß geschmiegt, und Andrea erblickt, der bittend dastand. Ein heftiger Kolbenstoß sprengte das Schloß weg, zwei andere schleuderten die Riegel zurück; die zerschmetterte Thüre fiel hinein. Andrea eilte zur andern Thüre, die auf die Gallerie des Hofes ging, und öffnete sie, bereit hinabzustürzen. Da standen die beiden Gendarmen mit ihren Carabinern, und schlugen auf ihn an. Andrea blieb rasch stehen; aufrecht, blaß, den Leib ein wenig zurückgelegt, hielt er seinen unnützen Dolch in seiner gekrampften Hand.

„Fliehen Sie doch!" rief das Fräulein von Armilly, in deren Herz das Mitleiden in dem Maße zurückkehrte, als der Schrecken sich daraus entfernte, „fliehen Sie doch!"

„Oder tödten Sie sich!" sagte Eugenie mit dem Tone und der Haltung einer von jenen Vestalinnen, die im Circus mit dem Daumen dem siegenden Gladiator geboten, seinem zu Boden gestürzten Gegner das Garaus zu machen.

Andrea bebte und schaute das junge Mädchen mit einem Lächeln der Verachtung an, welches bewies, daß seine Verderbtheit diese erhabene Grausamkeit der Ehre nicht begriff. „Mich tödten?" sagte er, seinen Dolch wegwerfend; „wozu?"

„Sie haben es ja gesagt;“ rief das Fräulein Danglars aus, „man wird Sie zum Tode verurtheilen, wie den niedrigsten Verbrecher hinrichten!“

„Pah!“ versetzte Cavalcanti, die Arme kreuzend, „man hat Freunde.“

Der Brigadier näherte sich ihm, den Säbel in der Faust.

„Nun, nun,“ sagte Cavalcanti, „stecken Sie wieder ein, mein wackerer Mann; es lohnt sich nicht der Mühe, so viele Umstände zu machen, da ich mich ergebe.“

Und er reichte seine Hände den Handschellen dar. Die beiden jungen Mädchen schauten mit Schrecken diese abscheuliche Verwandlung an, die vor ihren Augen geschah; der Mann der vornehmen Gesellschaft legte seine Hülle ab, und wurde wieder der Mann des Bagno. Andrea wendete sich zu ihnen um, und fragte mit dem Lächeln der Unverschämtheit: „Haben Sie irgend einen Auftrag für Ihren Herrn Vater, Fräulein Eugenie? denn aller Wahrscheinlichkeit nach kehre ich nach Paris zurück.“

Eugenie verbarg ihren Kopf in ihren beiden Händen.

„O! O!“ fuhr Andrea fort, „Sie brauchen sich nicht zu schämen, und ich zürne Ihnen deßhalb nicht, daß Sie die Post nahmen, um mir nachzulaufen . . . War ich nicht fast Ihr Gatte?“

Und nach diesem Spotte ging Andrea fort, und ließ die beiden Flüchtlinge, den Leiden der Scham und den Bemerkungen der Menge preisgegeben, zurück. Eine Stunde nachher stiegen Beide, mit Frauenkleidern angethan, in ihre Reisekalesche. Man hatte das Thor des Gasthofes geschlossen, um sie den ersten Blicken zu ent-

6 *

ziehen; allein sie mußten dennoch, als dieses Thor wieder geöffnet wurde, durch eine Doppelreihe von Neugierigen mit flammenden Blicken und murmelnden Lippen
fahren. Eugenie ließ die Vorhänge herab; allein wenn
sie nicht mehr sah, hörte sie noch, und der Lärm des
Hohngelächters klang bis zu ihr. „O! warum ist die
Welt nicht eine Wüste!" rief sie aus, indem sie in die
Arme des Fräuleins von Armilly sich warf, mit vor
jener Wuth funkelnden Augen, welche Nero zu dem
Wunsche trieb, daß die römische Welt nur einen einzigen
Kopf haben möchte, um ihn mit einem einzigen Streiche
abzuschlagen. Am andern Tage stiegen sie zu Brüssel im
Hôtel Flandern ab. Seit dem vorigen Tage saß Andrea
in der Conciergerie gefangen.

Das Gesetz.

Man sah, mit welcher Ungestörtheit das Fräulein
Danglars und das Fräulein von Armilly ihre Umge-
staltung vollziehen, und ihre Flucht bewerkstelligen konnten;
dieß geschah, weil Jeder zu sehr mit seinen eigenen Angelegenheiten beschäftiget war, um sich um die ihrigen zu
bekümmern. Wir lassen den Banquier mit dem Schweiße
auf der Stirne, dem Fantome des Bankerottes gegenüber,
die ungeheuern Colonnen seines Passivums entziffern,
und folgen der Baronin, welche, nachdem sie von der
Heftigkeit des Schlages, der sie so eben getroffen, einen
Augenblick vernichtet blieb, fortgegangen war, um ihren
gewöhnlichen Rathgeber, Lucien Debray, aufzusuchen.
In der That rechnete die Baronin auf diese Heirath, um
einmal eine Vormundschaft aufzugeben, die bei einer

Tochter von Eugeniens Charakter nur sehr lästig seyn
konnte; denn in diesen Arten von schweigenden Verträgen,
welche das hierarchische Band der Familie aufrechthalten,
ist die Mutter wirklich die Gebieterin ihrer Tochter nur
unter der Bedingung, für sie stets ein Muster von Klug-
heit und ein Vorbild von Vollkommenheit zu seyn. Nun
aber fürchtete Madame Danglars Eugeniens Scharfsichtigkeit und die Rathschläge des Fräuleins von Armilly;
sie hatte gewisse, von ihrer Tochter auf Debray gewor-
fene, verächtliche Blicke bemerkt, die zu bedeuten schienen,
daß ihre Tochter das ganze Geheimniß ihrer Liebes = und
Geldverhältnisse mit dem geheimen Secretäre kenne; wäh=
rend eine scharfsinnigere und tiefere Auslegung der Baronin vielmehr dargethan hätte, daß Eugenie Debray
verachtete, nicht weil er im väterlichen Hause ein Stein
des Anstoßes und Scandals war, sondern weil sie ihn
geradezu in die Klasse jener Zweifüßler reihte, welche
Plato nicht mehr Menschen zu nennen versuchte, und
welche Diogenes durch die Umschreibung von Thieren mit
zwei Füßen und ohne Federn bezeichnete.

Madame Danglars bedauerte von ihrem Gesichts=
punkte aus, und unglücklicherweise hat auf dieser Welt
Jedermann seinen eigenen Gesichtspunkt, der ihn hindert,
den Gesichtspunkt der Uebrigen zu sehen, Madame Danglars,
sagen wir, bedauerte also unendlich, daß aus Eugeniens
Heirath nichts wurde, nicht weil diese Heirath passend,
gut gewählt war, und das Glück ihrer Tochter begrün-
den sollte, sondern weil diese Heirath ihr ihre Freiheit
wieder gab. Sie eilte also, wie gesagt, zu Debray, der,
nachdem er, wie ganz Paris, bei dem Abendcirkel des

Heirathsvertrages und des daraus erfolgten Scandals gegenwärtig gewesen war, sich beeilt hatte, in seinen Club zu gehen, wo er mit einigen Freunden von dem Ereignisse sprach, daß jetzt drei Viertheileu jener im höchsten Grade plauderhaften Stadt, die man die Weltstadt nennt, den Gesprächsstoff lieferte. In dem Momente, da Madame Danglars, mit einem schwarzen Kleide angethan, und unter einem langen Schleier versteckt, die Treppe hinaufging, welche in Debray's Wohnung führte, und zwar ungeachtet der ihr vom Portier ertheilten Versicherung, daß der junge Mann nicht zu Hause sey, beschäftigte sich Debray mit der Ablehnung der Zumuthungen eines Freundes, welcher ihm zu beweisen versuchte, daß nach dem so eben Statt gefundenen Aufsehen, seine Pflicht als Hausfreund es sey, das Fräulein Eugenie Danglars und dessen zwei Millionen zu heirathen. Debray wehrte sich wie ein Mann, der nichts Besseres verlangt, als überwunden zu werden; denn oft war dieser Gedanke von selbst in seinem Geiste aufgetaucht; als er später Eugenie kannte, ihren unabhängigen und stolzen Charakter, beschränkte er sich bisweilen wieder ganz auf die Defensive, wendete vor, daß diese Heirath unmöglich sey, gänzlich unmöglich, wobei er heimlich durch den bösen Gedanken sich ergötzen ließ, der, nach der Behauptung aller Moralisten, unaufhörlich dem redlichsten und unschuldigsten Manne zusetzt, in der Tiefe seiner Seele wachend, wie Satan hinter dem Kreuze wacht. Der Thee, das Spiel, die interessanteste Conversation, wie man sieht, weil man so wichtige Angelegenheiten darin erörterte, dauerten bis ein Uhr Morgens.

Von Lucien's Kammerdiener eingeführt, wartete in=
zwischen Madame Danglars, verschleiert und pochenden
Herzens, im kleinen grünen Salon zwischen zwei Blu=
menkörbchen, die sie selbst am Morgen sendete, und De=
bray, man muß es gestehen, persönlich geordnet, gereihet,
und mit einer Sorgfalt ausgeputzt hatte, welche bewirkte,
daß die arme Frau ihm seine Abwesenheit verzieh. Um
eilf Uhr vierzig Minuten stieg Madame Danglars, des
vergeblichen Wartens überdrüssig, wieder in den Fiaker,
und ließ sich nach Hause fahren. Die Frauen von einer
gewissen Welt haben in Liebesverhältnissen mit den Gri=
setten gemein, daß sie in der Regel nicht nach Mitter=
nacht heimkehren. Die Baronin trat in das Hôtel mit
eben so großer Vorsicht, als Eugenie anwendete, es zu
verlassen; sie ging mit gepreßtem Herzen die Treppe ihrer
Wohnung hinauf, die, wie man weiß, an jene Euge=
niens stieß. Sie fürchtete so sehr, irgend eine Deutung
zu veranlassen; die arme, wenigstens in diesem Punkte
achtungswerthe Frau, glaubte so fest an die Unschuld
ihrer Tochter, und an ihre Anhänglichkeit an das väter=
liche Haus. In ihrem Zimmer angekommen, horchte sie an
Eugeniens Thüre, und versuchte, einzutreten, da sie kein
Geräusch hörte; allein die Riegel waren vorgeschoben. Ma=
dame Danglars glaubte, daß Eugenie, von den schrecklichen
Gemüthsbewegungen des Abends ermüdet, sich zu Bette ge=
legt habe, und schlafe. Sie rief der Zofe zu und fragte sie.
„Das Fräulein Eugenie," antwortete die Zofe, „ging mit
dem Fräulein von Armilly in ihr Zimmer; dann tranken sie
mit einander Thee, wornach sie mich mit der Aeußerung
fortschickten, daß sie meiner nicht mehr bedürften.

Seit jenem Momente war die Zofe in der Küchen=
stube, und glaubte, wie Jedermann, daß die beiden jun=
gen Personen in ihrer Wohnung seyen. Madame Dang=
lars legte sich also, ohne einen Schatten von Verdacht,
in ihr Bett; aber ihr Geist, in Bezug auf die Perso=
nen ruhig, sann über das Ereigniß nach. In dem
Maße, als ihre Ideen in ihrem Kopfe sich erhellten,
wurden die Verhältnisse der Checontractscene größer: es
war kein Scandal mehr, es war ein Lärm; es war keine
Scham mehr, es war eine Schmach. Wider ihren Wil=
len erinnerte sich dann die Baronin, daß sie mit der ar=
men Mercédès kein Mitleiden fühlte, als ein eben so
großes Unglück sie kürzlich hinsichtlich ihres Mannes
und Sohnes traf. „Eugenie,“ sagte sie bei sich, „ist
verloren, und wir sind es auch. Die Sache, wie man
sie darstellen wird, bedeckt uns mit Schande; denn in
einer Gesellschaft, wie die unserige, sind gewisse Lächer=
lichkeiten frische, blutende, unheilbare Wunden.

„Welches Glück,“ murmelte sie, „daß Gott Euge=
nien diesen sonderbaren Charakter verlieh, der mich so
oft zittern machte!“

Und ihr Blick wendete sich dankbar zum Himmel,
dessen geheimnißvolle Vorsehung Alles zum voraus nach
den Ereignissen verfügt, die eintreten müssen, und einen
Fehler, sogar ein Laster, bisweilen in ein Glück verwan=
delt. Dann schwebte ihr Gedanke über dem Raume, wie
der Vogel mit ausgebreiteten Schwingen über einen Ab=
grund, und verweilte bei Cavalcanti. Dieser Andrea
war ein Elender, ein Räuber, ein Mörder, und doch be=
saß dieser Andrea Manieren, welche eine Halberziehung,

wenn nicht eine vollständige Erziehung, anzeigten; dieser Andrea hatte sich in der vornehmen Welt mit dem Anscheine eines großen Vermögens, mit der Stütze ehrenwerther Namen vorgestellt. Wie soll man in diesem Labyrinthe klar sehen? An wen soll man sich wenden, um dieser peinlichen Lage zu entgehen? Debray, zu dem sie im ersten Schwunge der Frau eilte, die Beistand bei dem Manne sucht, den sie liebt, und der sie bisweilen in's Verderben stürzt, Debray konnte ihr nur einen Rath geben; sie mußte sich an einen Mächtigeren wenden, als er war. Die Baronin dachte dann an Herrn von Villefort. Herr von Villefort hatte Cavalcanti verhaften lassen, und schonungslos die Verwirrung in ihre Familie gebracht, wie wenn sie eine fremde Familie gewesen wäre. Doch nein; bei näherer Erwägung war der Staatsanwalt kein schonungsloser Mann; er war als obrigkeitlicher Beamte ein Sclave seiner Pflichten, ein loyaler und fester Freund, der zwar auf eine rauhe Weise, aber mit sicherer Hand den Scalpirschnitt in die Fäulniß gethan hatte; er war kein Henker mehr, sondern ein Wundarzt, ein Wundarzt, der vor den Augen der Welt die Ehre der Danglars von der Schmach dieses verderbten jungen Mannes abtrennen wollte, den sie der Welt als ihren Eidam vorgestellt hatten. So wie Herr von Villefort, der Freund der Familie Danglars, so handelte, war nicht mehr zu vermuthen, daß der Banquier etwas zum voraus wußte, und bei Andrea's Schlichen mitwirkte.

Villefort's Benehmen erschien also, bei näherer Würdigung, der Baronin wieder in einem Lichte, das sie sich zu ihrem gemeinsamen Vortheile erklärte. Aber hiebei

mußte es die Unbeugsamkeit des Staatsanwaltes bewen-
den laffen: sie wollte ihn am andern Tage besuchen, und
von ihm erwirken, wenn nicht daß er seine richterlichen
Pflichten ausser Acht laffe, wenigstens sie mit möglich-
ster Nachsicht übe. Die Baronin wollte die Vergangenheit anrufen, seine Erinnerungen verjüngen; sie wollte
im Namen einer strafbaren, aber glücklichen Zeit bitten;
Herr von Villefort sollte die Sache unterdrücken, oder
wenigstens Cavalcanti entfliehen laffen... und um dieß
zu thun, brauchte er nur auf eine andere Seite zu
schauen, und das Verbrechen nur an dem Verbrecher-
Schatten verfolgen, was man ein Contumazurtheil nennt.
Dann erst entschlummerte sie ruhig.

Am andern Tage um neun Uhr stand sie auf, kleidete sich an, ohne ihrer Zofe zu klingeln, ohne wem immer ein Existenzzeichen zu geben, und ging, eben so einfach angezogen, wie am vorigen Tage, die Treppe hinab,
verließ das Hôtel, begab sich in die Provencestraffe, stieg
in einen Fiaker, und ließ sich nach dem Hause des Herrn
von Villefort fahren. Seit einem Monate bot dieses ver-
fluchte Haus den traurigen Anblick eines Lazarethes,
worin die Pest ausgebrochen: ein Theil der Wohnung
war in- und auswendig geschloffen; die zugemachten
Fensterläden öffneten sich nur einen Augenblick, um frische
Luft einzulaffen; man sah dann an diesem Fenster den
verstörten Kopf eines Lakeien erscheinen; dann schloß sich
das Fenster wieder, wie die Steinplatte eines Grabes
auf eine Grabstätte zurück sinkt, und die Nachbaren sagten zu einander: „Werden wir heute wieder einen Sarg
aus dem Hause des Herrn Staatsanwaltes kommen sehen?"

Madame Danglars wurde bei dem Anblicke dieses trostlosen Hauses von einem Schauder durchzuckt; sie stieg aus ihrem Fiaker, näherte sich mit wankenden Knien der verschlossenen Thüre, und schellte. Erst auf das Drittemal widerhallte die Glocke, deren kläglicher Klang selbst an der allgemeinen Traurigkeit Theil zu nehmen schien, und wurde ein Portier sichtbar, der die Thüre gerade nur so weit öffnete, um seinen Worten einen Ausgang zu verschaffen. Er sah eine Frau, eine Frau der vornehmen Welt, eine elegant gekleidete Frau, und dennoch blieb die Thüre fortwährend beinahe geschlossen.

„So öffnen Sie doch!" sagte die Baronin.

„Vor Allem, Madame, wer sind Sie?" fragte der Portier.

„Wer ich bin? Sie kennen mich ja."

„Wir kennen Niemand mehr, Madame."

„Sind Sie denn verrückt, mein Freund?" rief die Baronin aus.

„In wessen Namen kommen Sie?"

„O! dieß ist zu stark."

„Madame, es ist Befehl, entschuldigen Sie mich; Ihr Name?"

„Frau Baronin Danglars. Sie sahen mich zwanzigmal."

„Es ist möglich, Madame; nun, was wollen Sie?"

„O! wie sonderbar Sie sind! Ich werde mich bei Herrn von Villefort über die Unverschämtheit seiner Leute beklagen."

„Madame, es ist nicht Unverschämtheit, es ist Vorsicht; Niemand tritt hier ein, ohne ein Wort vom Herrn

Doctor von Avrigny, oder ohne mit dem Herrn Staatsanwalte gesprochen zu haben."

„Wohlan, gerade mit dem Herrn Staatsanwalte hab'
ich zu thun."

„Eine dringende Angelegenheit?"

„Sie sehen es wohl, weil ich noch nicht wieder in
meinen Wagen stieg. Doch genug: hier ist meine Karte,
bringen Sie dieselbe Ihrem Herrn."

„Werden Madame meine Rückkehr erwarten?"

„Ja, gehen Sie."

Der Portier schloß die Thüre wieder, und ließ Madame Danglars auf der Straße. Die Baronin wartete
jedoch nicht lange; einen Augenblick nachher ging die
Thüre in genügender Weite auf, um die Baronin durch-
zulassen; sie trat ein, und die Thüre verschloß sich wieder hinter ihr. Im Hofe angekommen, zog der Portier,
ohne die Thüre einen Augenblick aus den Augen zu verlieren, ein Pfeifchen aus seiner Tasche, und pfiff. Der
Kammerdiener des Herrn von Villefort erschien auf der
Freitreppe. „Madame werden diesen wackern Mann entschuldigen," sagte er, der Baronin entgegengehend; „aber
seine Befehle lauten bestimmt, und Herr von Villefort
hat mich beauftragt, Madame zu sagen, daß er nicht anders handeln konnte, als er handelte."

Ein Lieferant war mit den nämlichen Vorsichtsmaßregeln in den Hof geführt worden, und man untersuchte
seine Waaren genau. Die Baronin ging die Freitreppe
hinauf; sie fühlte sich von dieser Traurigkeit tief ergriffen, welche, so zu sagen, den Kreis ihrer eigenen erweiterte, und wurde, immer im Geleite des Kammerdie-

ners, ohne daß dieser sie einen Augenblick aus den Augen ließ, in das Cabinet des Beamten geführt. Wie sehr beschäftiget auch Madame Danglars mit dem Beweggrunde ihres Besuches war, begann sie doch über den Empfang sich zu beklagen, den sie bei dieser ganzen Dienerschaft fand, und welcher ihr so unwürdig schien. Aber Villefort hob seinen schmerzgebeugten Kopf empor, und schaute sie mit einem so traurigen Lächeln an, daß die Klagen auf ihren Lippen erstarben. „Entschuldigen Sie meine Diener wegen eines Schreckens, den ich ihnen nicht verargen kann; aus Beargwöhnten sind sie argwöhnisch geworden.“

Madame Danglars hatte in Gesellschaften oft von diesem Schrecken sprechen hören, dessen der Beamte erwähnte, würde aber, ohne die mit ihren eigenen Augen gemachte Erfahrung, nie zu glauben vermocht haben, daß dieses Gefühl bis zu einem solchen Grade steigen könne. „Auch Sie sind also unglücklich?“ fragte sie.

„Ja, Madame,“ antwortete der Beamte.

„Sie beklagen mich also?“

„Aufrichtig, Madame.“

„Und Sie begreifen, was mich herführt?“

„Sie kommen, um mit mir von dem zu sprechen, was Ihnen begegnete, nicht wahr?“

„Ja, mein Herr, ein entsetzliches Unglück.“

„Das heißt: ein Mißgeschick.“

„Ein Mißgeschick!“ rief die Baronin aus.

„Ach! Madame,“ antwortete der Staatsanwalt mit seiner unstörbaren Ruhe, „ich hab’ es dahin gebracht, nur die unersetzlichen Dinge ein Unglück zu nennen.“

„Und glauben Sie, mein Herr, daß man vergessen wird?"

„Man vergißt Alles, Madame," sagte Villefort; „die Heirath Ihrer Tochter wird morgen geschehen, wenn sie nicht heute geschieht ... in acht Tagen, wenn sie nicht morgen vollzogen wird. Und was das Bedauern der Zukunft des Fräuleins Eugenie betrifft, so glaub' ich nicht, daß Sie einen solchen Gedanken hegen.

Madame Danglars schaute Villefort ganz erstaunt an, diese fast spöttische Ruhe an ihm zu bemerken. — „Bin ich zu einem Freunde gekommen?" fragte sie mit einem Tone voll schmerzlicher Würde.

„Ja, wie Sie wissen, Madame," antwortete Ville= fort, dessen blasse Wangen sich bei dieser Versicherung, die er gab, mit einer leichten Röthe bedeckten.

In der That spielte diese Versicherung auf andere Ereignisse an, als auf jene, die jetzt die Baronin und ihn beschäftigten.

„Wohlan," erwiederte die Baronin, „so seyen Sie freundlicher, mein lieber Villefort; sprechen Sie mit mir als Freund, und nicht als Beamte, und wenn ich äußerst unglücklich bin, so sagen Sie mir nicht, daß ich heiter seyn soll."

Villefort verbeugte sich. „Wenn ich von Unglücks= fällen sprechen höre, Madame," sagte er, „tritt die seit drei Monaten angenommene widrige Gewohnheit ein, an die meinigen zu denken, und dann entsteht in meinem Innern wider meinen Willen die selbstsüchtige Vornahme der Vergleichung. Deßhalb dünkten mir Ihre Unglücks= fälle, neben den meinigen, ein Mißgeschick; deßhalb schien

mir neben meiner traurigen Lage die Ihrige eine be=
neidenswerthe Lage; doch dieß ist Ihnen unangenehm,
genug davon. Sie sagten, Madame?..."

„Ich kam, um von Ihnen zu erfahren, mein Freund,"
antwortete die Baronin, „wie es mit der Angelegenheit
jenes Betrügers steht?"

„Betrüger!" wiederholte Villefort; „gewiß, Madame,
es ist bei Ihnen ein gefaßter Entschluß, gewisse Dinge
zu mildern, und andere zu übertreiben; Herr Andrea
Cavalcanti, oder vielmehr Herr Benedetto ein Betrüger!
Sie täuschen sich, Madame, Herr Benedetto ist geradezu
ein Mörder!"

„Mein Herr, ich läugne die Richtigkeit Ihrer Ver=
besserung nicht; aber je strenger sie gegen diesen Un=
glücklichen sich rüsten, desto härter werden Sie unsere
Familie treffen. Nun, vergessen Sie einen Augenblick
auf ihn; anstatt ihn zu verfolgen, lassen Sie ihn ent=
fliehen."

„Sie kommen zu spät, Madame, die Befehle sind
bereis ertheilt."

„Wohlan! wenn man ihn verhaftet . . . Glauben
Sie, daß man ihn verhaften wird?"

„Ich hoffe es."

„Wenn man ihn verhaftet, (hören Sie, ich vernehme
immer, daß die Gefängnisse wimmeln), nun denn, lassen
Sie ihn im Gefängnisse."

Der Staasanwalt machte eine verneinende Bewegung.

„Wenigstens so lange, bis meine Tochter verheirathet
ist," fügte die Baronin bei.

„Unmöglich, Madame, die Justiz hat Förmlichkeiten."

„Auch für mich?" fragte die Baronin halb lächelnd, halb ernst.

„Für Alle," antwortete Villefort, „und für mich selbst, wie für die Anderen."

„Ah!" sagte die Baronin, ohne in Worten das beizufügen, was ihr Gedanke durch diesen Ausruf so eben verrathen hatte.

Villefort schaute sie mit jenem Blicke an, mit dem er die Gedanken sondirte. „Ja, ich weiß, was Sie sagen wollen," erwiederte er; „Sie spielen auf jene schrecklichen, in der Welt verbreiteten Gerüchte an, daß alle diese Todesfälle, die mich seit drei Monaten in Trauer kleiden, daß dieser Tod, dem Valentine eben erst wie durch ein Wunder entging, nicht natürlich sind?"

„Daran dachte ich nicht," entgegnete Madame Danglars rasch.

„Wenn Sie daran dachten, Madame, so war's Gerechtigkeit, denn Sie konnten nicht anders handeln, als daran denken; und Sie sagten ganz leise bei sich: Du, der Du das Verbrechen verfolgest, antworte: warum giebt es um Dich herum Verbrechen, welche unbestraft bleiben?" Die Baronin erblaßte.

„Sie sagten dieß bei sich, nicht wahr, Madame?"

„Wohlan, ich gesteh's."

„Ich will Ihnen antworten." Villefort rückte seinen Lehnstuhl neben den Stuhl der Madame Danglars, stützte seine Hände auf seinen Schreibtisch, und sagte mit einer dumpferen Stimme als gewöhnlich: „Es giebt Verbrechen, welche unbestraft bleiben, weil man die Verbrecher nicht kennt, und ein unschuldiges Haupt statt

eines strafbaren zu treffen fürchtet; wenn aber die Ver=
brecher bekannt seyn werden," (Villefort streckte die Hand
nach einem großen Crucifire aus, das seinem Schreib=
tische gegenüber hing) „so werden sie, bei dem lebendi=
gen Gotte, Madame, wer sie auch seyn mögen, . . . ster=
ben. Jetzt wagen Sie es, Madame, nach dem Schwure,
den ich so eben gethan, und den ich halten werde, mich
um Gnade für jenen Elenden zu bitten!"

„Ei, mein Herr," fragte Madame Danglars, „wissen
Sie es gewiß, daß er so strafbar sey, wie man ihn da=
für hält?"

„Hören Sie, hier ist sein Akt: Benedetto wurde
zuerst in einem Alter von sechszehn Jahren wegen Fäl=
schung zu fünfjähriger Galeerenstrafe verurtheilt; der
junge Mann war viel versprechend, wie Sie sehen; dann
entsprang er, dann wurde er ein Mörder."

„Und wer ist dieser Unglückliche?"

„Ei, weiß man dieß? Ein Vagabund, ein Corse."

„Er ist also von Niemanden reclamirt worden?"

„Von Niemanden; man kennt seine Eltern nicht."

„Aber jener Mann, der aus Lucca kam?"

„Ist auch ein Gauner, wie er, vielleicht sein Mit=
schuldiger."

Die Baronin faltete die Hände. „Villefort!" sagte
sie mit ihrer sanftesten und liebkosendsten Stimme.

„Um Gott! Madame," antwortete der Staatsanwalt
mit einer Festigkeit, die nicht von Trockenheit frei war,
„um Gott! verlangen Sie von mir niemals Gnade für
einen Strafbaren! Was bin ich? Das Gesetz. Hat das
Gesetz Augen, um Ihre Traurigkeit zu sehen? Hat das

6**

Gefetz Ohren, um Ihre fanfte Stimme zu hören? Hat
das Gefetz ein Gedächtniß, um von ihren zartfühlenden
Gedanken die Anwendung zu machen? Nein, Madame,
das Gefetz gebietet, und wenn das Gefetz geboten hat,
führt es den Schlag! Sie werden mir fagen, ich fey
ein lebendes Wefen, und nicht ein Gefetzbuch, ein Menfch
und nicht ein Band; fchauen Sie mich an, Madame,
fchauen Sie um mich her: haben die Menfchen mich
als Bruder behandelt, haben fie mich geliebt? Sind fie
glimpflich mit mir umgegangen, haben fie meiner ge=
fchont? Hat Jemand Gnade für Herrn von Villefort
verlangt, hat man diefem Jemand die Gnade des Herrn
von Villefort gewährt? Nein, nein; nein! Getroffen,
immer getroffen! Sie fahren beharrlich fort, Frau, das
heißt: Sirene, die Sie find, mich mit jenem reizenden
und ausdrucksvollen Blicke anzuschauen, der mich erinnert,
daß ich erröthen foll. Wohlan! meinetwegen, ja, er=
röthen über das, was Sie wiffen, und vielleicht, vielleicht
noch über etwas Anderes! Doch feitdem ich felbft fehlte,
und vielleicht ftärker als die Andern, wohlan, feit jener
Zeit lüftete ich die Kleider Anderer, um das Gefchwür
zu finden, und ich fand es immer, und fage noch mehr:
ich fand diefes Gepräge der menfchlichen Schwäche oder
Verderbtheit, mit Glück, mit Freude! Denn jeder Menfch,
den ich ftrafbar fand, und jeder Strafbare, über den
ich die Strafe ausfprach, fchien mir ein lebendiger Be=
weis, ein neuer Beweis, daß ich keine gräßliche Aus=
nahme fey! Ach! Ach! Ach! die ganze Welt ift böfe,
Madame, beweifen wir es, und treffen wir den Böfen!"

Villefort fprach die letzten Worte mit einer fieber=

haften Wuth aus, die seiner Sprache eine wilde Bered=
samkeit verlieh.

„Sie sagen aber," versetzte Madame Danglars, eine
letzte Anstrengung versuchend, „daß dieser junge Mann
ein Vagabund, eine Waise, von Allen verlassen sey."

„Desto schlimmer, desto schlimmer, oder vielmehr
desto besser; die Vorsehung brachte ihn in diese Lage,
damit ihn Niemand zu beweinen brauche."

„Dieß heißt gegen den Schwachen sich erbittern, mein
Herr."

„Der Schwache, welcher mordet!"

„Seine Schande fällt auf mein Haus zurück."

„Hab' ich nicht den Tod in dem meinigen?"

„O! mein Herr," rief die Baronin aus, „Sie sind
erbarmenlos gegen die Anderen! Wohlan, ich sag's Ihnen,
man wird kein Erbarmen mit Ihnen haben!"

„Meinetwegen!" äußerte Villefort, indem er mit einer
drohenden Geberde seinen Arm zum Himmel erhob.

„Vertagen Sie wenigstens die Sache dieses Unglück=
lichen, wenn er verhaftet ist, bis zu den nächsten Assisen;
dieß wird uns sechs Monate gewähren, damit man
vergesse."

„Nein," entgegnete Villefort; „ich habe noch fünf
Tage; der Prozeß ist eingeleitet; fünf Tage sind mehr,
als ich dazu brauche; begreifen Sie übrigens nicht,
Madame, daß auch ich vergessen muß? Wohlan, wenn
ich arbeite, und ich arbeite Tag und Nacht, wenn ich
arbeite, giebt es Momente, in denen ich mich nicht mehr
erinnere, und wenn ich mich nicht mehr erinnere, bin

6***

ich glücklich nach der Art der Todten; doch dieß ist noch besser, als zu leiden."

„Mein Herr, er ist entflohen; laffen Sie ihn fliehen, die Unthätigkeit ist eine leichte Milde."

„Ich sagte Ihnen ja, daß es zu spät sey; mit Ta= gesanbruch spielte der Telegraph, und jetzt ..."

„Mein Herr," sagte der Kammerdiener eintretend, „ein Dragoner bringt diese Depesche des Ministeriums des Innern."

Villefort nahm das Schreiben, und erbrach es rasch. Madame Danglars bebte vor Schrecken, Villefort zitterte vor Freude. „Verhaftet!" rief Villefort aus; „man hat ihn zu Compiegne verhaftet; es ist zu Ende."

Madame Danglars erhob sich kalt und bleich.

„Adieu, mein Herr!" sagte sie.

„Adieu, Madame," antwortete der Staatsanwalt, fast freudig sie zur Thüre geleitend. Dann kehrte er an seinen Schreibtisch zurück, und sagte, mit dem Rücken der rechten Hand auf das Schreiben schlagend: „Nun, ich hatte einen Fälscher, ich hatte drei Diebstähle, ich hatte zwei Brandlegungen; es fehlte mir nur ein Mord; da ist er; die Sitzung wird schön seyn!"

Die Erscheinung.

Wie der Staatsanwalt es zu Madame Danglars sagte, ... Valentine hatte sich noch nicht erholt. Von Müdigkeit wie zerschlagen, hütete sie wirklich das Bett, und in ihrem Zimmer vernahm sie aus dem Munde der Frau von Villefort die von uns eben erst erzählten Er=

eigniſſe, nämlich Eugeniens Flucht, und die Verhaftung
von Andrea Cavalcanti, oder vielmehr von Benedetto,
ſo wie die gegen ihn erhobene Anklage auf Mord.
Valentine war jedoch ſo ſchwach, daß dieſe Erzählung
vielleicht nicht die ganze Wirkung auf ſie machte, welche
ſie bei ihrem gewöhnlichen Geſundheitszuſtande hervor-
gebracht hätte. In der That waren es nur einige
dunkle Ideen, einige unklare, mit den ſeltſamen Ideen
und flüchtigen Fantomen gänzlich vermengte Geſtalten,
die in ihrem kranken Gehirne auftauchten, oder vor ihren Augen vorüberglitten, und bald verwiſchte ſich Alles,
um die perſönlichen Eindrücke wieder mit allen ihren
Kräften wirken zu laſſen. Den Tag über erſchloß ſich
noch Valentine die Wirklichkeit durch die Anweſenheit
Noirtier's, der ſich zu ſeiner Enkelin tragen ließ, und
da blieb, ohne ſeinen väterlichen Blick von Valentinen
abzuwenden; nach ſeiner Heimkehr aus dem Juſtizpalaſte,
verlebte auch Villefort ein paar Stunden bei ſeinem
Vater und ſeinem Kinde. Um ſechs Uhr ging Villefort
in ſein Cabinet; um acht Uhr kam Herr von Avrigny,
der den für das junge Mädchen bereiteten nächtlichen
Arzneitrank ſelbſt brachte; dann führte man Noirtier
fort. Niemand blieb da, als eine vom Doctor gewählte
Wärterin, die ebenfalls ſich erſt entfernte, als Valentine
gegen zehn oder eilf Uhr eingeſchlafen war. Als ſie
herabkam, übergab ſie die Schlüſſel zu Valentinens Zimmer dem Herrn von Villefort ſelbſt, ſo daß man nur
mehr durch die Wohnung der Frau von Villefort und
durch das Zimmer des kleinen Eduard zu der Kranken
gehen konnte.

An jedem Morgen kam Morrel zu Noirtier, um
sich nach Valentinen zu erkundigen: aber ... ein außer-
ordentlicher Umstand!... von Tag zu Tag schien Morrel weniger besorgt. Zuvörderst ging es mit Valentinen,
obgleich sie an einer heftigen nervösen Aufregung litt,
von Tag zu Tag besser; und dann hatte ihm nicht
Monte-Christo gesagt, als er ganz außer sich zu ihm
eilte, daß wenn Valentine in zwei Stunden nicht todt
wäre, Valentine gerettet seyn würde? Nun aber lebte
Valentine noch, und zwei Stunden waren verstrichen.
Diese nervöse Aufregung, von der wir sprachen, verfolgte
Valentinen selbst in ihren Schlaf, oder vielmehr in den
Zustand von Schlaflosigkeit, der ihrem Wachen folgte:
dann sah sie in diesem Schweigen der Nacht und in diesem
Halbdunkel, welches die auf den Kamin gestellte, und
in ihrer Alabasterhülle brennende Nachtlampe erzeugte,
jene Gestalten vorüberziehen, die das Zimmer der Kranken bevölkern, und welche das Fieber von seinen bebenden Schwingen schüttelt. Dann dünkte es ihr, bald
ihre Stiefmutter erscheinen zu sehen, die ihr drohte, bald
Morrel, der ihr die Hand reichte, bald ihrem gewöhnlichen Leben beinahe fremde Wesen, wie den Grafen von
Monte-Christo; sogar die Möbel schienen ihr in diesen
Momenten des Deliriums beweglich und herumwandelnd,
und dieß währte so bis zwei oder drei Uhr Morgens,
bis zu dem Momente, da ein bleischwerer Schlaf des
jungen Mädchens sich bemächtigte, und erst mit Tagesanbruch von ihr wich. Am Abende, welcher jenem
Morgen folgte, an dem Valentine Eugeniens Flucht und
Benedetto's Verhaftung vernahm, und diese Ereignisse,

nach kurzer Vermengung mit den Eindrücken ihrer eige=
nen Existenz, nach und nach aus ihren Gedanken ge=
schieden waren; nach der successiven Entfernung Ville=
fort's, von Avrigny's und Noirtier's, während es zu
Saint = Philippe du Roule eilf Uhr schlug, und die
Wärterin, nachdem sie den vom Doctor bereiteten Arz=
neitrank auf Griffweite der Kranken gestellt, und die
Thüre ihres Zimmers geschlossen hatte, in der Küchen=
stube, wohin sie sich begab, bebend die Deutungen der
Diener hörte, und ihr Gedächtniß mit schauerlichen
Geschichten anfüllte, die seit drei Monaten die Abend=
cirkel im Vorzimmer des Staatsanwaltes ergötzten, er=
eignete sich in diesem so sorgfältig verschlossenen Zimmer
eine unerwartete Scene.

Seit dem Fortgehen der Wärterin waren bereits ungefähr
zehn Minuten verstrichen. Valentine, seit einer Stunde von
jenem Fieber befallen, das allnächtlich wiederkehrte, ließ
ihren, von ihrem Willen unabhängigen Kopf, jene thä=
tige, einförmige und unversöhnliche Arbeit des Gehirnes
fortsetzen, das sich erschöpft, unablässig die nämlichen Ge=
danken wieder zu erzeugen, oder die nämlichen Gebilde
zu ersinnen. Vom Dochte der Nachtlampe schwangen
sich tausend und tausend Ausstrahlungen los, Alle mit
dem Gepräge unheimlicher Bedeutungen, als plötzlich,
bei ihrem zitternden Schimmer, Valentine ihre Biblio=
thek, die neben dem Kamine in einer Vertiefung der
Mauer stand, sich langsam öffnen zu sehen glaubte, ohne
daß die Angeln, in denen sie sich zu drehen schien, das
mindeste Geräusch verursachten.

Zu einer andern Zeit hätte Valentine nach ihrer

Schelle gegriffen, und die seidene Schnur derselben ziehend
um Hülfe gerufen; aber in dem Zustande, worin sie
war, erstaunte sie über nichts mehr. Sie wußte, daß
alle diese Erscheinungen, welche sie umgaukelten, die Aus-
geburten ihres Deliriums waren, und sie gelangte zu
dieser Ueberzeugung durch den Umstand, daß am Morgen
nie eine Spur von jenen Fantomen der Nacht übrig
blieb, die mit dem Tage verschwanden. Hinter der Thüre
erschien eine menschliche Gestalt. Valentine war in Folge
ihres Fiebers mit diesen Arten von Erscheinungen allzu
vertraut, um zu erschrecken; sie sperrte die Augen nur
in der Hoffnung weit auf, Morrel zu erkennen. Die
Gestalt fuhr fort, ihrem Bette sich zu nähern, dann
blieb sie stehen, und schien mit gespannter Aufmerksamkeit zu horchen. In diesem Augenblicke spielte ein Widerstrahl der Nachtlampe auf dem Gesichte des nächtlichen Besuchers. „Er ist's nicht!" murmelte sie.

Und sie wartete, überzeugt, daß sie träumte, bis dieser Mensch, wie dieß in Träumen geschieht, verschwände,
oder in irgend eine andere Person sich verwandeln würde.
Nur fühlte sie sich an den Puls, und da sie ihn heftig
schlagen spürte, erinnerte sie sich, daß das beste Mittel,
diese ungelegenen Erscheinungen zu verscheuchen, das
Trinken sey; die Kühle des ohnehin zu dem Zwecke bereiteten Getränkes, die Aufregungen zu beschwichtigen,
über welche sich Valentine bei dem Doctor beklagt hatte,
verursachte, durch Milderung des Fiebers, eine Erneuerung
der Eindrücke des Gehirnes; nach dem Trinken litt sie
immer einen Augenblick weniger. Valentine streckte also
die Hand aus, um ihr Glas auf der Kryftallschale zu

nehmen, auf der es stand; aber während sie ihren bebenden Arm zum Bette hinausstreckte, machte die Erscheinung wieder zwei Schritte, und rascher als zuvor, zum Bette hin, und kam so nahe zu dem jungen Mädchen, daß es ihren Athem hörte, und den Druck ihrer Hand zu fühlen glaubte. Dießmal übertraf die Täuschung, oder vielmehr die Wirklichkeit, Alles, was Valentine bisher erfahren hatte; sie begann, sich für wohl erwacht und lebend zu halten; sie war sich bewußt, bei voller Vernunft zu seyn, und bebte. Der von Valentinen gespürte Druck hatte den Zweck, ihren Arm aufzuhalten.

Valentine zog ihn langsam zurück. Dann nahm jene Gestalt, von der sie ihren Blick nicht abwenden konnte, und die übrigens mehr beschützend als drohend zu seyn schien, das Glas, näherte sich der Nachtlampe, und schaute das Getränk an, wie wenn sie die Durchsichtigkeit und Klarheit desselben hätte beurtheilen wollen. Doch diese erste Prüfung genügte nicht. Dieser Mann, oder vielmehr dieses Fantom, denn er schritt so leise, daß der Teppich das Geräusch seiner Schritte dämpfte, schöpfte aus dem Glase einen Löffel voll vom Getränke, und verschluckte es. Valentine betrachtete, was vor ihren Augen vorging, mit einem mächtigen Gefühle des Erstaunens. Sie glaubte wohl, daß all das zu verschwinden bereit sey, um einem anderen Gebilde Platz zu machen; aber der Mann, anstatt wie ein Schatten zu vergehen, näherte sich ihr, reichte Valentinen das Glas, und sagte mit einer tiefbewegten Stimme: „Jetzt trinken Sie!"....

Valentine schauderte. Es war das erstemal, daß eine von ihren Erscheinungen mit diesem lebendigen Klange mit ihr sprach. Sie öffnete den Mund, um einen Schrei auszustoßen. Der Mann legte einen Finger auf seine Lippen.

„Herr Graf von Monte-Christo!" murmelte sie.

An dem Schrecken, der sich in den Augen des jungen Mädchens ausprägte, an dem Zittern ihrer Hände, an der raschen Geberde, die sie machte, um sich unter ihre Bettücher zu kauern, konnte man den letzten Kampf des Zweifels mit der Ueberzeugung erkennen; allein die Anwesenheit Monte-Christo's bei ihr zu einer solchen Stunde, sein geheimnißvolles, phantastisches, unerklärbares Eintreten durch eine Mauer, schienen Valentinens erschütterter Vernunft Unmöglichkeiten.

„Rufen Sie nicht, erschrecken Sie nicht," sagte der Graf; „hegen Sie in der Tiefe des Herzens auch nicht einen Schimmer von Verdacht, keinen Schatten von Besorgniß; der Mann, den Sie vor sich sehen, (denn dießmal haben Sie Recht, Valentine, und es ist keine Täuschung); der Mann, den Sie vor sich sehen, ist der zärtlichste Vater und der ehrerbietigste Freund, von dem Sie träumen könnten."

Valentine vermochte nicht zu antworten; sie hegte eine so große Furcht vor dieser Stimme, welche ihr die wirkliche Gegenwart desjenigen offenbarte, der sprach, daß sie fürchtete, ihre Stimme beizufügen; aber ihr erschrockener Blick wollte sagen: „Wenn Ihre Absichten rein sind, warum befinden Sie sich hier?"

Bei seiner wundersamen Scharfsichtigkeit, begriff der

Graf Alles, was im Herzen des jungen Mädchens vorging. „Hören Sie mich an," sagte er, „ober vielmehr schauen Sie mich an; sehen Sie meine gerötheten Augen und mein noch blässeres Gesicht, als gewöhnlich; dieß rührt von dem Umstande her, daß ich seit vier Nächten keinen Augenblick ein Auge geschlossen habe; seit vier Nächten wache ich über Sie, beschütze ich Sie, erhalte ich Sie unserm Freunde Maximilian."

Freudig wallendes Blut strömte rasch in die Wangen der Kranken empor; denn der so eben vom Grafen ausgesprochene Name entfernte den Rest des ihr von ihm erregten Mißtrauens.

„Maximilian!" wiederholte Valentine, so süß auszusprechen schien ihr dieser Name; „Maximilian! er hat Ihnen also Alles gestanden?"

„Alles. Er sagte mir, daß Ihr Leben das seinige sey, und ich versprach ihm Ihr Leben."

„Sie versprachen ihm, daß ich leben würde?"

„Ja."

„In der That, mein Herr, Sie sprachen so eben von Bewachen und Beschützen. Sind Sie denn Arzt?"

„Ja, und der Beste, den Ihnen der Himmel in diesem Momente schicken kann, glauben Sie mir."

„Sie sagten, daß Sie wachten?" fragte Valentine besorgt; „wo denn? Ich sah Sie nicht."

Der Graf streckte die Hand nach der Bibliothek aus. „Ich war hinter jener Thüre verborgen," sagte er; „diese Thüre führt in das anstoßende Haus, das ich miethete."

Valentine wendete in einer Anwandlung züchtigen

7 *

Stolzes die Augen weg, und erwiederte mit dem höchsten Schrecken: „Mein Herr, was Sie thun, ist beispielloser Wahnsinn, und diese Beschützung, die Sie mir gewähren, gleicht sehr einer Beschimpfung."

„Valentine," verſetzte er, „während dieses langen Wachens ſah ich nur, welche Leute zu Ihnen kamen, welche Speisen man Ihnen bereitete, welche Getränke man Ihnen brachte; ſchienen mir dieſe Getränke gefähr= lich, dann trat ich ein, wie ich ſo eben eintrat, leerte Ihr Glas, und unterſchob dem Gifte einen wohlthätigen Trank, der, anſtatt des Ihnen bereiteten Todes, das Leben in ihren Adern kreiſen machte."

„Das Gift! der Tod!" rief Valentine aus, die ſich von Neuem von irgend einer fieberhaften Erſcheinung erfaßt fühlte; „was ſprechen Sie denn da, mein Herr?"

„Stille! mein Kind," antwortete Monte = Chriſto, ſeinen Finger wieder auf ſeine Lippen legend; „ich ſagte: das Gift, ja; ich ſagte: der Tod, und wiederhole: der Tod; doch trinken Sie vor Allem dieß."... Der Graf zog aus ſeiner Taſche ein Fläſchchen, eine rothe Flüſſig= keit enthaltend, von welcher er einige Tropfen in das Glas goß... „Und wenn Sie getrunken haben, dann trinken Sie in dieſer Nacht nichts mehr."

Valentine ſtreckte die Hand aus; aber kaum hatte ſie das Glas berührt, als ſie dieſelbe erſchrocken zurück= zog. Monte=Chriſto nahm das Glas, trank die Hälfte davon, und reichte es Valentinen, die lächelnd den Reſt der Flüſſigkeit austrank, die es enthielt. „O! ja," ſagt ſie, „ich erkenne den Geſchmack meiner nächtlichen Tränke jenes Waſſers, das meiner Bruſt ein wenig Kühlung, meinem Gehirne ein wenig Ruhe gab. Ich danke, mein Herr, ich danke!"

„Sehen Sie, so haben Sie seit vier Nächten gelebt, Valentine," äußerte der Graf. „Aber wie lebte ich? O! die peinlichen Stunden, die Sie mir bereiteten! O! die furchtbaren Qualen, die Sie mir zufügten, wenn ich in Ihr Glas das tödtliche Gift schütten sah, wenn ich fürchtete, daß Sie Zeit finden möchten, es zu trinken, bevor ich Zeit fände, es in den Kamin zu gießen."

„Sie sagen, mein Herr," versetzte Valentine mit dem äußersten Schrecken, „daß Sie tausend Qualen erduldeten, wenn Sie das tödtliche Gift in mein Glas schütten sahen? Aber wenn Sie das tödtliche Gift in mein Glas schütten sahen, so mußten Sie die Person sehen, die es hinein schüttete?"

„Ja."

Valentine richtete sich auf, über ihren Busen, der bleicher war, als der Schnee, den gestickten Batist wieder ziehend, der noch von dem kalten Schweiße des Deliriums feucht war, dem der noch eisigere Schweiß des Schreckens sich beizumischen begann. „Sie haben sie gesehen?" fragte das junge Mädchen."

„Ja," sagte der Graf zum zweitenmale.

„Was Sie mir sagen, ist entsetzlich, mein Herr, was Sie mir glauben machen wollen, hat etwas Höllisches. Wie, im Hause meines Vaters, wie! in meinem Zimmer, wie! auf meinem Schmerzenslager fährt man fort, mich zu ermorden? O! entfernen Sie sich, mein Herr, Sie führen mein Gewissen in Versuchung. Sie lästern die göttliche Güte; dieß ist unmöglich, dieß kann nicht seyn."

„Sind Sie denn die Erste, welche diese Hand trifft, Valentine? Sahen Sie nicht um Sie her Herrn von Saint=Méran, Frau von Saint=Méran, Barrois fallen? Hätten Sie nicht Herrn Noirtier fallen sehen, wenn nicht die ärztliche Cur, die er seit beinahe drei Jahren ge= braucht, ihn durch Bekämpfung des Giftes vermittelst der Gewöhnung an Gift beschützt hätte?"

„O! mein Gott!" sagte Valentine, „deßhalb also verlangt seit beinahe einem Monate der gute Papa, daß ich alle seine Getränke theile?"

„Und diese Getränke," rief Monte=Christo aus, „haben einen bitteren Geschmack, wie jener der halbge= trockneten Orangenschale, nicht wahr?"

„Ja, mein Gott, ja!"

„O! dieß erklärt mir Alles," erwiederte Monte= Christo; „auch er weiß, daß man hier vergiftet, und vielleicht wer vergiftet. Er hat Sie, sein vielgeliebtes Kind, gegen den tödtlichen Stoff gesichert, und der tödt= liche Stoff sich an diesem Beginne von Gewöhnheit ab= gestumpft; daher kommt es, daß Sie noch leben, was ich mir sonst nicht erklären könnte, da Sie erst vor vier Tagen mit einem Gifte vergiftet wurden, das in der Regel nicht verschont."

„Aber wer ist denn der Giftmischer, der Mörder?"

„Ich möchte Sie vielmehr fragen: Sahen Sie denn niemals Jemand bei Nacht in Ihr Zimmer treten?"

„Allerdings. Oft glaubte ich Schatten vorüber= gleiten zu sehen, diese Schatten sich nähern, entfernen, ... aber für Erscheinungen mei= ßt, da Sie selbst eintraten,

Ingram Content Group UK Ltd.
Milton Keynes UK
UKHW051808220323
418778UK00033B/79

9 781015 579156